http://www.bbulmedia.com

http://www.bbulmedia.com

Korea Godfather

코리아갓파더

BBULMEDIA FANTASY STORY

Korea Godfather

코리아갓파더

정사부 현대 판타지 소설

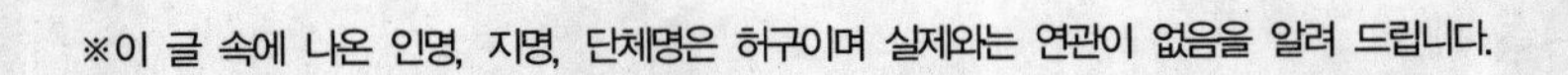

※이 글 속에 나온 인명, 지명, 단체명은 허구이며 실제와는 연관이 없음을 알려 드립니다.

contents

1. 고국에서 온 소식 ··7

2. 조카를 찾아서……. ··41

3. 연예계의 검은 그림자 ··81

4. 습격 ··115

5. 믿을 수 없는 현실 ··149

6. 조카를 찾다 ··189

7. 사건을 받아들이는 반응들 ··221

8. 응징(膺懲) ··257

9. 누나의 죽음 ··289

1.

고국에서 온 소식

얼룩덜룩한 위장크림을 덕지덕지 발라 누가 누구인지 분간이 되지 않는 모습의 군인들이 완전 군장을 하고 질서정연하게 자리에 앉아 있었다.

"부대 차렷!"

누군가의 구령에 군인들은 절도 있는 모습으로 자세를 바로 하였다.

그들의 동작에 맞춰 앞에 있는 단상에 모자에 별 두 개가 반짝이고 있는 소장 계급의 장군이 자리했다.

"충성!"

"충성."

그들의 비장한 경례에 장군은 올라간 손에 저도 모르게

힘이 들어갔다.

"쉬어."

"쉬어!"

"오늘 이 자리에 귀관들이 있는 것은……."

경례를 받은 장군은 일장 연설을 시작하였다.

곧 작전에 투입될 군인들.

그들은 어쩌면 다시 고국에 돌아오지 못할지도 모를 작전에 투입되어야 했다.

대한민국은 현재 같은 민족인 북한과 휴전을 하고 있는 상황.

언제 어떻게 전쟁이 발발해도 이상하지 않은 분단 국가였다.

특히나 2000년을 기준으로 대한민국과 북한은 세계적 평화 분위기에 편승하여 평화와 화합이라는 주제로 화해 분위기에 접어들었다.

하지만 그것도 잠시 2008년을 기점으로 남북 관계는 악화일로로 치달았다.

더욱이 2000년 남북 정상회담의 당사자였던 북한의 국방위원장과, 김대한 전 대통령의 서거(逝去)로 분위기는 더욱 냉각되었다.

특히 북한의 핵무기 개발이나 핵 실험은 그러한 분위기에 대한민국을 긴장하게 만들었다.

"귀관들의 이번 임무는 조국의 내일을 위해 무척이나 중요하다. 북한은 남북이 협의한 한반도 비핵화 공동 선언을 위반하였다."

장군의 연설은 점점 고조되자 연설을 듣는 군인들도 비장한 각오를 다졌다.

"……무사히 돌아오기 바란다."

이 자리에 있는 이들은 전군에서 거르고 거른 끝에 최정예 군인들을 모아 만든 특수부대원.

반년의 시간 동안 모의 시설에서 훈련을 한 관계로 이들은 침투할 곳의 지형을 숙지하고 있었다.

하지만 그렇다고 이들의 안전이 보장된 것은 아무것도 없다.

이들이 침투할 목표는 북한군 중에서도 최정예라는 정예 2군단이 주변을 경계하고, 내부 시설에는 북한의 지도자인 김정금의 친위 부대인 천리마 군단이 지키고 있었다.

이들이 침투할 목표는 바로 북한이 보유한 핵무기 저장 시설로 의심되는 함경북도의 한 시설이었다.

조용히 장군의 이야기를 듣고 있던 군인들은 비장한 각오로 연설이 끝나기를 기다렸다.

연설이 끝나고 한 명, 한 명 장군은 작전에 투입되는 군인들과 악수를 하였다.

하지만 여느 군대와 다르게 상관과 악수를 하면서도 관

등 성명을 대지 않고 있었다.

이들의 신분은 부대장인 장군에게도 비밀이었다.

알고 있는 사람은 바로 각 팀의 팀장만이 자신의 소속원의 신분을 알고 있었다.

장군도 팀장의 계급과 이름만 알고 있을 뿐 더 이상의 것을 알지 못했다.

그만큼 이번 작전을 위해 급조하여 만든 부대였다.

또한 많은 것이 갖춰지지 않은 상태에서 주변 상황이 급변하는 바람에 작전이 시행되어 많은 부분에서 허술한 점이 보였다.

물론 이번 임무가 끝나면 해체될 예정이라 더욱 그랬다.

부대장과 악수가 끝나고 이들은 고무보트를 타고 동해 바다 어둠 속으로 사라졌다.

◈ ◈ ◈

'개새끼들, 어떻게 작전을 짰기에 적들이 기다리고 있는 거야!'

성환은 자신을 추적하는 북한군을 피해 도망치고 있었다.

팀원들의 생사는 현재 알 수가 없다.

북 핵 시설을 폭파하기 위해 침투했던 팀원들은 현재 뿔뿔이 흩어진 상태.

하지만 성환은 자신의 팀원들의 생사보다 쫓기고 있는 지금 자신의 목숨을 더 걱정해야 할 때였다.

팀원들의 안전을 위해 성환은 부팀장에게 지휘 권한을 넘기고 스스로 미끼가 되어 북한군을 유인했다.

그 뒤로 성환은 계속 쫓기는 중.

작전은 어떻게 되었는지 알 수 없다.

아니, 생각해 보나마나 실패한 것이 분명했다.

북한의 눈을 피하기 위해 동해에서 출발한 자신의 팀은 울릉도를 돌아 두만강 일대의 러시아 땅으로 침투하였다.

그리고 침투할 때 타고 온 보트를 숨기고 두만강을 건너 나진 특구로 들어갔다.

이곳은 북한이 러시아와 무역을 하는 곳이라 외부 사람이 들어와도 어느 정도 신분을 숨길 수 있었다.

1차 기착지인 나진으로 들어온 팀원들은 하루를 쉬고 작전대로 흩어져 목표가 있는 회령으로 침투를 하였다.

그때가 D—02.

작전 계시를 위해 팀원과 합류하기로 약속한 후 헤어지고 만 하루 만에 분위기가 바뀌었다.

어떻게 된 일인지 자신들의 행적이 모두 발각이 되었다.

침투할 때까지 어느 누구에게도 발각이 되지 않았는데, 어떻게 자신들의 행적을 알고 추적을 하는 것인지 북한군은 집요하게 자신들을 토끼몰이 하듯 한곳으로 몰았다.

이런 북한군의 움직임에 위기감을 느낀 성환은 부하들은 대신해 북한군을 유인, 목표를 우회하며 움직였다.

하지만 성환의 시도는 절반만 성공을 하였다.

많은 숫자의 북한군이 성환을 뒤쫓았지만, 많은 숫자의 북한군이 부하들을 추적하였다.

그렇게 부하들과 헤어진 성환은 이후 그들의 생사를 알 수가 없었다.

성환을 쫓는 북한군이 아주 집요하게 성환을 추적하는 바람에 다른 곳에 신경 쓸 겨를 이 없기 때문이다.

탕!

"윽!"

한 발의 총성이 울리고 성환은 옆구리에서 불로 지지는 듯한 통증이 몰려왔다.

아마 고통을 참는 훈련이 없었다면 참기 힘들었을 것이다.

하지만 너무도 지친 나머지 느껴지는 고통을 참기가 너무도 힘들었다.

벌써 나흘이나 잠도 못 자고 쫓기고 있어 성환을 더욱 힘들게 하고 있었다.

"제기랄, 개새끼들 내가 돌아가면 보자. 이번 작전을 입안한 놈들의 뼈를 갈아 마셔 버린다."

성환은 그렇게 이번 작전을 세운 작전사령부의 누군가를 욕을 하며 이를 악물었다.

이런 독기가 있었기에 지금까지 버틸 수가 있었다.

조금만 물렁했다면 진작 탈출을 포기하고 북한군에 붙잡히거나, 아니면 비밀을 지키기 위해 자살을 했을 것이다.

"개자식들 이거나 먹어라!"

탕! 탕! 탕!

성환은 도망치는 와중 북한군을 향해 총을 발사하였다.

성환과 북한군은 300여 미터를 두고 쫓고 쫓기는 상황.

북한군은 간간이 사격을 하며 성환의 진로를 방해하였다.

이런 상황에서 성환은 침착하게 반격을 하면서 도망을 치고 있었다.

북한군 역시 성환으로 인해 적지 않은 피해를 입고 있어 아직까진 간격이 좁혀지지 않았다.

만약 성환이 저항하지 않았다면 지금처럼 피할 수 없으리라.

하지만 성환은 이렇게 반격을 하여 북한군에게 피해를

줌으로써 안전거리를 확보했다.

정신없이 도망치는 와중에 성환은 저 멀리 산에서 연기가 나는 것이 보였다.

상당히 높은 산.

상 정상 부근이 흰 눈으로 덮인 것을 확인하고 산의 정체를 깨닫게 되었다.

'헐, 내가 이곳까지 도망을 쳤던가?'

쫓기다 보니 목표인 회령을 지나고 무산군까지 거쳐 양강도에 들어와 있었다.

저 멀리 보이는 백두산.

정말이지 어디서 그런 힘이 나서 이곳까지 올 수 있었는지 알 수가 없다.

성환은 문득 부하들이 생각이 났다.

조금만 더 가면 백두산에 진입을 한다.

백두산은 북한이 오래전 중국에 팔아먹어 북한군이 함부로 접근할 수 없다는 생각이 들자 부하들과, 임무가 생각이 났다.

그은 이번 임무가 실패했음을 알 수 있었다.

시작도 못해 보고 북한군에 발각되어 자신과 팀원들은 흩어졌다.

자신은 뒤를 쫓는 북한군을 유인해 도망을 쳐 이렇게 살아 있지만, 부하들은 아마도 임무 완료를 위해 목표인 회령으로 접근을 했다가 실패했을 확률이 높았다.

이런 현실은 성환을 화나게 만들었다.

하지만 자신은 살아서 돌아가 꼭 따져야 했다.

이번 작전을 발안한 놈들이 어떤 근거에 의해 계획을 세웠는지 궁금했다.

새롭게 마음을 다잡고 나자 어디서 그런 힘이 났는지 걷는 발걸음이 조금 가벼워졌다.

◈ ◈ ◈

백두산 기슭에 들어서자 더욱 많은 연기가 보였다.

2014년 휴화산이던 백두산이 다시 활동을 시작하였다.

그 때문에 백두산을 찾던 관광객의 숫자는 현재 많이 줄어들었다.

성환에게 백두산에 대한 정보나 풍경은 아무런 감흥을 줄 수 없었다.

지금 성환에게 가장 시급한 것은 휴식이었다.

닷새나 먹지도 자지도 못하고 쫓겼다.

성환은 오직 살아야 된다는 생각에 백두산을 오르고 있었다.

조금만 더 가면 중국 국경이 보일 것이다.

그곳만 넘으면 더 이상의 추격이 없을 것이란 희망에,

휘청거리는 걸음으로 백두산을 올랐다.

도중 성환은 온몸으로 무언가 느꼈다.

땅이 울리는 미진.

산이 숨을 쉬려고 하는 것인지 작은 진동이 발바닥을 통해 느껴졌다.

그는 깨닫지 못하고 있지만, 어느 순간부터 북한군의 추적은 중단되었다.

시점은 성환이 백두산으로 진입하고부터였다.

하지만 정신없이 성환은 어떻게든 북한군과 멀어지기 위해 빠르게 산에 올랐다.

'조금만.'

한참을 백두산을 오르는데, 전과 다르게 거리가 벌어지면 울리던 총성이 들리지 않았다.

북한군은 쫓으며 거리가 벌어지는 듯하면 자신의 걸음을 늦추기 위해 총을 쏘았다.

그런데 너무 조용했다.

고개를 돌려 뒤를 확인해 보자, 자신을 쫓던 북한군이 아무도 보이지 않았다.

'따돌린 것인가?'

성환은 자신이 북한군을 따돌린 것이라 판단을 하고 잠시 쉬기로 하였다.

적당한 곳에 앉아 등에 메고 있던 군장을 풀어 배를 채우기로 했다.

북한군이 보이지 않자 긴장이 풀려서인지 허기가 몰려왔기 때문이다.

조금 더 올라가 바위가 있는 곳에서 아래쪽에 은폐를 하고 군장을 열었다.

하지만 화불단행이라 했던가.

도망치는 데 정신을 집중해서 느끼지 못 했는지 성환의 군장 오른쪽 뒷부분이 너덜거리고 있었다.

아마도 북한군이 쏜 총에 맞아 구멍이 뚫린 듯했다.

그리고 그곳으로 많은 물품들이 빠져나가 많은 물건들을 잃어버렸다.

중요한 것은 작전을 완료하고 부대와 통화를 할 무전기도 포함이 되어 있다는 사실.

부대와 연락할 수단이 사라졌기에 성환은 전적으로 자신의 힘으로 돌아가야만 했다.

군장을 살펴보니 절반 이상 짐들이 사라졌다.

그나마 만약을 위해 챙긴 전투식량이 조금 남아 있는 것이 다행이었다.

물 없이도 먹을 수 있는 에너지 바 형태의 전투식량은 적게 먹으면 하루를 버틸 수 있는 것이다.

미국에서 개발된 최신의 것으로 특수부대에만 보급이 되는 물건이다.

에너지 바 반 정도를 먹고 자리에서 일어나, 보다 안전한 장소를 찾아 이동을 하였다.

혹시라도 추적을 하는 북한군이 자신이 안심을 하고 있을 때 뒤를 덮칠지 모른다.

조금 여유가 있어 이동을 하면서도 자신의 흔적이 남지 않게 정리를 하며 움직였다.

단단한 바위만 밟고 이동을 하면 뒤를 추적하는 북한군이라도 어느 방향으로 도망을 쳤는지 알기 힘들 것이기에 발자국이 남지 않게 이렇게 단단한 바위나 돌을 밟으며 이동을 했다.

◈ ◈ ◈

얼마를 이동했을까?

꼭 영화에나 나올 것 같은 환상적인 비경이 돋보이는 폭포가 보였다.

며칠 동안 쫓기며 씻지를 못해서인지 갑자기 온몸이 간지러웠다.

쫓길 때는 못 느꼈지만, 이젠 어느 정도 안심이 되자 여유가 생긴 것 같다.

폭포 가장자리에 군장을 풀고 물로 뛰어들었다.

옷을 벗고 할 정도의 여유가 없어 그냥 입은 채로 물로 뛰어들었다.

물에 들어간 성환은 머리부터 감기 시작하여, 옷 밖으로 나온 부분을 씻었다.

차가운 물에 몸을 담그며 씻어 내자 무척이나 개운하고 정신이 번쩍 들었다.

다 씻고 물 밖으로 나가려던 성환의 눈에 이상한 것이 포착되었다.

폭포 뒤쪽으로 검은 그림자가 언 듯 보인 것이다.

크기를 가늠했을 때 생물은 아닌 것 같았다.

성환은 호기심에 폭포 가장자리를 돌아 폭포의 뒤를 확인했다.

그곳에 커다란 동굴이 있는 것이 보였다.

성환은 동굴이 폭포 가까이 오지 않는 이상 발견하기 힘들다는 것을 깨닫고, 물가에 벗어 둔 군장을 챙겨 동굴로 들어갔다.

나이트비전을 착용하고 동굴 안으로 들어간 성환은 처음 생각한 것보다 깊어 한참을 걸었다.

깊이 들어가면 들어갈수록 이곳이 자연적인 동굴이 아니라 누군가 인공적으로 뚫었다는 것을 알 수 있었다.

동굴은 비록 구불구불 꺾여 있었지만 바닥이나 표면이 생각보다 매끄러웠기 때문이다.

그 때문에 세월의 흔적 때문에 벽면이 이끼들로 덮여

있기는 했지만, 자연적인 동굴이라고 보긴 힘들었다.

'누가 무슨 목적으로 이곳을 만들었을까?'

성환은 호기심이 일었다.

하지만 일단 자신이 필요한 것은 휴식을 취할 안전한 장소.

그런 안전한 장소를 확보해야 한다는 생각에 아무것도 건들지 않고 안으로 더 깊이 들어갔다.

그런데 그때.

커다란 굉음과 함께 동굴 전체가 흔들리기 시작하였다.

구구구궁.

그리고 천상에서는 돌덩어리들이 떨어지기 시작했다.

쾅!

'어?!'

갑작스런 동굴의 변화에 성환은 당황했다.

밖에서라면 어느 정도 피할 공간이라도 있을 것인데, 이곳은 피할 공간이 부족했다.

앞과 뒤에서 돌들이 떨어지고, 성환은 등에 매고 있던 군장을 머리 위로 들어 보호하며 빠르게 안으로 뛰었다.

보통 이런 일이 발생하면 밖으로 뛰는 것이 정상.

하지만 성환이 판단하기에 밖으로 나가 봐야 이미 입구가 막혔을 것 같고, 나가는 도중 큰일이 생길 확률이 더 높았다.

혹시라도 안쪽에 넓은 공간이 있을지 모른다는 생각에 더 깊숙이 들어가기 위해 안으로 뛴 것이다.

하지만 엎친 데 덮친 격인지 흔들리던 동굴 바닥이 쩍 하고 갈라졌다.

성환은 자신의 앞에 땅이 갈라지는 것을 보았다.

하지만 달리던 성환은 갈라진 틈을 건너뛰지 못하고 그 안으로 떨어지고 말았다.

"아악! 안 돼!"

성환이 갈라진 틈으로 사라지자 언제 그랬냐는 듯 동굴의 진동은 멈추고, 갈라진 틈도 서서히 줄어들었다.

◈ ◈ ◈

"으악!"

성환은 비명을 지르며 깨어났다.

금방 깨어나 주변의 사물이 불분명하긴 하지만 동굴이 아니란 것을 알 수 있었다.

흐리게 보이는 시선 속에 그의 눈에 들어온 것은 조금은 삭막해 보이는 작은 탁자와 거울 그리고 몇 개 되지 않는 화장품이 그의 눈에 들어왔다.

그리고 벽에는 얼룩무늬 군복이 보였다.

'아, 꿈이구나. 훗, 벌써 몇 년이 흘렀는데 아직도 그

때 꿈을 꾸다니…….'

너무도 생생한 그 꿈은 성환이 12년 전 비밀 작전을 하던 때의 일이었다.

그때 아무것도 모르고 조국에 충성한다는 신념으로 나라에 위협이 되는 북한의 핵 시설을 타격하기 위해 출동을 했다.

결과적으로 작전은 성공을 하여 그 시설은 파괴가 되었다.

하지만 목표를 파괴할 목적으로 출발했던 성환의 팀이 성공한 것이 아니라, 미국의 특수부대가 이뤄 낸 성과였다.

동맹국인 미국에 팀원들의 복수를 해 준 것 같아 작게나마 감사하는 마음이 들었다.

하지만 나중에 우연히 알게 된 진실은 너무도 잔인한 것이었다.

처음부터 성환의 팀은 성공할 수 없었다.

그들은 단순히 미끼였다.

더욱 기가 막힌 것은 군부 내 상층부에선 미국과 공조하여 자신들을 미끼로 쓰는 것에 적극 찬성을 했다는 사실이다.

자신은 팀원들과 미끼로써 이미 행보가 북한군에 노출이 되어 있었다.

그것도 같은 편에 의해서 말이다.

그때서야 침투한 지 하루만에 자신들이 들킨 것이 이해가 갔다.

진실을 알았을 때의 분노는 이루 말할 수 없었다.

덧없이 꺾인 팀원들을 생각하면 눈이 뒤집힐 일이었다.

그렇지만 자신이 분노한다고 뭐가 달라지는 것이 없었다.

자신이 살아오자 놀라던 그들의 모습, 급하게 작전이 성공했다며 자신을 특진을 시키는 것으로 모든 진실을 숨기려 하였다.

하지만 진급을 하여 계급이 오르자 비취인가 등급이 상향되었다.

아이러니하게 비밀 정보에 접근하는 것이 보다 용이해진 성환은 뒤늦게 진실을 알게 되었다.

하지만 자신은 아무런 힘이 없었다.

이전 부대는 이미 목적을 완수하고 해체가 된 상태이기에 누구에게 하소연도 못했다.

더욱이 모두 비밀로 묶여 더 이상 언급할 수도 없었다.

그래서 묻어 두고 지냈는데, 오랜만에 그 일이 꿈에 다시 보게 된 것이다.

잊고 싶은 일을 다시 생각나게 하는 꿈이 이상하게 불길한 느낌으로 다가왔다.

짝!

'정신 차리자!'

두 손으로 자신의 뺨을 세게 치고는 정신을 차렸다.

현재 성환은 세계 특수부대 경연 대회에 한국군 고문단 위원으로 참석을 하고 있었다.

이제 겨우 37살의 젊은 나이지만 그의 계급은 각종 특수전을 수행하며 중령의 계급을 달고 있다.

성환의 대단한 무술 실력이 인정되어 평상시에는 대한민국의 특수부대의 무술 교관으로 각종 전투 기술을 가르치며 활동했다.

그래서 이번 경연 대회에도 고문단에 속해 각국 특수부대들이 가진 전투 기술을 관찰하는 임무를 가지고 참가하고 있었다.

새벽같이 일어나 찬물로 샤워를 하여 정신을 깨우고 군복을 챙겨 입어 밖으로 나왔다.

이번 경연 대회가 벌어지는 곳은 미국의 대도시 뉴욕.

비록 중심가와 떨어진 외곽이기는 하나 그리 매연 때문에 공기가 맑지 못해 텁텁했다.

이번 경연 대회는 많은 나라들이 참여하였다.

각국의 자존심을 걸고 나온 이들의 면면을 보면, 미국에선 델타포스와 그린베레, SEAL, MEU가 참가하였다.

그리고 유럽에서는 전 세계의 모든 특수부대의 모태가 된 영국의 SAS와 프랑스의 헌병 특공대인 GIGN이 참가를 하였고, 독일에서는 GSG—9이 참가를 하였다.

또 러시아에서도 서방 세계의 해병대, 해군육전대소속의 스페츠나츠가 참가하였다.

성환은 각국의 부대를 돌아보며 한국과 비교를 하며 배워야 할 점들을 체크하고 다녔다.

그런데 한 가지 아쉬운 것은 이번 경연에 이스라엘의 사이렛 매트칼이 참가를 하지 않았다는 것이었다.

처음으로 경연에 오게 된 성환은 그들이 수련한다는 크라브마가를 꼭 한번 보고 싶었다.

가장 현대전에 적합한 무술이라고 평가받는 그것을 경험하고 싶었다.

그것도 미국의 델타포스나 SEAL 등에 알려진 것이 아닌, 오리지널 이스라엘 특수부대원들이 익히는 것을 말이다.

모든 나라가 그렇듯 아무리 가까운 동맹이라고 하지만 자국의 최신 기술이나 무기 등을 그대로 넘기지 않는다.

분명 다운 그레이드를 시켜 넘겼을 것이 분명했다.

물론 무술을 어떻게 다운 그레이드를 할 수 있느냐 물어본다면 다 방법이 있다.

무협 영화에 나오는 비장의 기술, 즉 최후의 순간에 목숨을 구할 구명 초식을 알려 주지 않는 것이다.

적을 대함에 있어 나보다 못한 존재만 있는 것이지 않은가?

그럴 때 강한 상대에게서 나 자신을 보호할 그런 기술.

그에게서 도망치기 위해서 버티는 기술 등 말이다.

하지만 아쉽게도 성환의 지대는 허망하게 꺼져 버렸다.

요즘 이스라엘과 레바논, 시리아 사이의 긴장감이 고조되고 있어, 이번 경연에 참가를 하지 않기로 했다는 것이다.

이 때문에 성환은 개인적으로 절반의 성과만을 가지고 돌아가야 했다.

물론 그동안 본 각국의 특수부대들에게서 많은 것을 배웠다.

델타포스나 SEAL의 조직력, SAS의 어떤 극한 상황에서도 적응하는 적응력과 생존력, 프랑스 특수부대 GIGN의 작전에 대한 상상력과 독일의 GSG—9의 작전에 대한 신속 정확성, 마지막으로 스페츠나츠의 과감성 등, 모든 특수부대들에게 어느 것 하나 없어서는 아니 될 그런 것들을 보았다.

모든 것을 가지고 있으면서도 각국의 특수부대들은 자신의 임무에 꼭 맞는 힘을 가지고 있었다.

그런 것을 종합해 대한민국의 특수부대는 더욱 강한 힘

을 길러야 한다.

자체적으로야 어느 곳에 내놔도 꿇리지 않는다, 자부하고 있지만 성환이 비교해 본 결과 작은 차이가 있었다.

그것은 특수부대들 사이에서 생사를 결정해 주는 중요한 요소.

어제 실시한 평가에서도 한국의 대표로 참가한 707특임대는 독일의 GSG—9과 경쟁을 하였다.

참관단은 두 팀 모두 테러 진압과 인질 구출 임무를 수행하는 곳이니만큼 경합을 벌인 결과로 평가했다.

하지만 막상 뚜껑을 열고 보니 결과는 참담하였다.

초반에 먼저 자신들의 존재를 들킨 것이 패인이었다.

너무도 어이없게 당한 감도 없진 않았지만 그래도 일단 자신을 적에게 노출시켰다는 것은 아주 중요하다.

707이나 GSG—9모두 테러범들에게서 인질을 구출하고 테러범을 제압하는 것을 임무로 한다.

그런데 자신의 존재를 먼저 들켰다는 것은 인질의 생명뿐 아니라 자신, 나아가 동료의 생명까지도 위협하는 행위.

작전에 들어가기 전 자신을 철저하게 숨기는 것도 능력이다.

하지만 그게 완벽하지 않아 뒤를 잡혀 전멸하고 말았다.

물론 그 와중에서 반격을 하여 많은 수의 GSG—9대원을 사망 판정받게 하였다고 하지만, 일단 목적을 달성하지 못했다.

다른 나라의 특수부대와의 경쟁도 마찬가지.

비록 근소한 차이라고 하나 707이 그나마 비슷하게 싸운 상대가 GSG—9나 프랑스의 GIGN정도.

다른 부대와의 경쟁은 처참했다.

그들과 화력에서 밀려 어쩔 수 없었다.

특히 미국의 델타포스와 SEAL과 겨뤘을 때는 봐 주기 어려울 정도였다.

성환은 한국에 돌아가면 할 일이 참으로 많을 것 같았다.

대한민국 특수부대 중에서도 최고라 칭하는 707특임대가 이러니, 자신에게 맡겨질 일이 많을 것 같다는 생각이 들었다.

정말이지…….

자신이 일선에서 떠나 있던 동안 후배들의 악과 깡이 많이 사라진 모양이다.

저 월남전 때만 해도, 미국의 특수부대인 그린베레도 대한민국의 해병대에겐 한 수 양보를 했다고 들었다.

해병대는 결코 특수부대가 아니다.

그저 조금 힘든 훈련을 하는 부대일 뿐.

그런 선배들을 미군은 귀신도 잡는다 했었다.

신출귀몰한 베트콩을 척척 잡아내며, 그들을 공포에 떨게 했던 선배들보다 더 좋은 환경에서 훈련받고 질 좋은 것은 먹고 생활하였는데, 이런 결과를 보인 것은 대한민국 전군의 명예에 먹칠을 한 것이다.

이런 생각을 하고 있을 때, 고문단 단장인 박재상 대령이 성환의 옆으로 다가와 말을 걸었다.

"이봐, 정 중령. 아무래도 오늘 자네가 좀 나가 줘야겠어."

"네? 그게 무슨 말씀이십니까?"

성환은 단장인 박재상 대령이 느닷없이 나서라는 말에 의아한 표정으로 물었다.

오늘 일정이라면 경연에 참가한 부대들에서 대원 몇 명이 부대 대표로 나와 개인 기량을 겨루는 것이었다.

어제까지만 해도 부대 대 부대로 겨루는 것이었다면, 오늘은 개인의 기량을 비교하는 것이다.

그럼으로써 부대에서 임무 수행을 위해 어떤 수련들을 하는지 간접적으로 알 수도 있기 때문이다.

부대 간 겨루기에서 참패를 맞은 대한민국.

개인 겨루기에서라도 자존심을 세우기 위해 부대원이 아닌 무술 교관인 성환에게 참가해 줄 것을 부탁하는 것이다.

전군에서 최고의 무술 실력을 가지고 있는 성환이라면 덩치 큰 서양인들과 겨루기에서도 충분하리라 생각하고 단장인 박재상은 성환에게 요청을 하는 것이다.

"아니, 애들 노는 곳에 저보고 나가라고요?"

성환도 자존심이 있어 지금 경연에 참가하고 있는 각국 특수부대원들이 고만고만해 보이기도 했다.

자신이 현역으로 뛰던 때에 저들은 아직 입대도 하지 못한 파릇파릇 틴에이저들이었다.

솔직히 특수부대원으로서 활약한 것은 서른 살 이전.

그 뒤로는 그저 각 부대를 전전하며 부대원들에게 무술을 가르치기만 하였다.

그렇다고 현역 특수부대원들과 비교해 작전 능력이 떨어지는 것은 아니지만.

아니, 사실 그 누구도 성환을 따라오지 못해 팀을 이룰 수가 없어 배제된 것이다.

현대전은 한 개인이 능력이 뛰어나다고 작전이 성공하는 것이 아니다.

각 팀원들 간의 유기적인 협조 안에, 시계의 톱니가 서로 맞물려 돌아가듯 맞춰야 한다.

하지만 성환은 그러지 못했다.

성환이 그들의 보조에 맞춰 주면서 작전을 수행한다면 가능할지 모르지만, 그건 효율의 문제.

그래서 성환은 현역에서 물러나 특수부대원들을 양성하는 일에 힘쓰고 있었다.

그런 성환에게 지금 박재상은 명령 아닌 명령을 하는 것이다.

군대에서 상급자의 부탁은 바로 명령이지 않은가.

속으론 기가 막히면서도 상관의 명령이니 어쩔 수 없이 따라야 했다.

"휴…… 알겠습니다."

"하하, 그래 자네가 있기에 대한민국은 자존심을 지킬 수 있을 거야!"

박재상 단장은 성환의 어깨를 두드리며 너스레를 떨었다.

◈ ◈ ◈

핫!

쿵!

웅성, 웅성.

여기저기서 울리는 기합과 매트에 떨어지는 소리 등, 소란이 일고 있는 체육관.

커다란 원을 그리고 앉아 있는 사람들은 지금 가운데 공간에서 벌어지는 남자들의 결투를 지켜보고 있었다.

한 사람은 190센티에 이르는 커다란 덩치의 서양인이었다.

상대는 그보다 약간 작은 동양인 남자.

한눈에 봐도 서양인이 압도적으로 유리해 보였다.

하지만 조금 더 나이 들어 보이는 작은 동양인 남자는 현장 분위기와 전혀 다르게 긴장감 하나 없이 상대를 보고 있었다.

남자는 서양인처럼 전방을 향해 상체를 기울여 언제라도 어떤 상황에서도 반응할 수 있게 준비를 하지도 않고, 그저 덤덤히 몸을 살짝 사선으로 비껴 선 정도로 상대를 지켜보고 있었다.

"제이슨, 뭐하는 거야! 어서 끝내 버려!"

"야, 델타포스의 용맹함은 어디 간 거야! 끝내 버려!"

그의 동료인 듯한 사람들이 서양인을 응원을 하면서 빨리 끝내란 주문을 하였다.

하지만 제이슨은 지금 자신과 마주한 남자가 결코 녹녹한 사람이 아니란 것을 피부로 느끼고 있었다.

주변에서 구경을 하는 사람들은 전혀 느끼지 못하고 있는 듯하다.

지금 자신의 피부를 따끔하게 하는 감각이 무언지 제이슨은 궁금했다.

하지만 지금 조금만 딴생각을 하면 죽을지도 모른다는

생각에 긴장을 하였다.

왜 그런 것인지는 제이슨 본인도 몰랐다.

그저 본능이 시키는 대로, 상대만 주시할 뿐.

눈도 깜박이지 못하고 상대의 움직임을 살피고 있었다.

제이슨은 고난도 훈련을 받았던 자신의 감각을 믿으며 상대의 틈을 찾았다.

하지만 아무리 훈련을 받았다고 해도 지금 눈앞에 있는 남자의 자세에서는 어떻게 해볼 여지가 보이지 않았다.

비집고 들어갈 틈이 전혀 보이지 않았기 때문이다.

그렇지만 주변에 있는 자신의 동료들은 아무것도 모르고 자신에게 엉뚱한 주문만 하고 있어 무척 답답했다.

그렇게 둘의 대치가 지속되다, 어느 순간 제이슨의 이마에 땀이 매쳐 이마를 타고 눈가에 흘렀다.

잠깐 눈을 깜박이는 순간.

제이슨은 자신의 몸이 공중으로 붕 뜨는 느낌을 받았다.

잠시 잠깐 중력을 느끼지 못하던 제이슨은 등에 매트가 닫는 느낌을 받았다.

자신에게 무슨 일이 벌어졌는지 인식하지 못한 그는 멍한 상태로 바닥에 누웠다.

'이게 어떻게 된 일이지? 내게 무슨 일이 벌어진 거야?'

한순간에 상황이 변해 버리자 제이슨은 무슨 일이 벌어

진지 인지하지 못했다.

그건 제이슨과 성환의 대련을 보고 있던 사람들 모두 공통된 생각이었다.

한순간에 상황이 끝나 버렸다.

분명 서로를 노려보고 있다, 순식간에 동양 남자가 접근하여 제이슨을 제압했다.

순식간에 제이슨의 몸이 공중에 떠서 빙글 회전을 하더니 등부터 매트에 쓰러졌다.

뒤이어 몸이 팬케이크 뒤집히듯 빙글 뒤집히고, 칼을 들고 있던 손목이 제압되어 뒤로 꺾였다.

그로써 상황 종료.

지금 제이슨과 성환은 한 손에 군용 대검을 들고 대련을 하고 있었다.

이들은 모두 각 부대에서 사용하는 군용 단검을 들고 육탄전을 하였다.

결과적으로 너무 싱겁게 끝나긴 하였지만, 지금까지 성환을 상대한 이들은 모두 이렇게 싱겁게 자신에게 무슨 일이 벌어진지 모르게 끝나 버렸다.

현존 최강의 실전 무술이라는 크라브마가를 수련한 이들은 물론이고, 주짓수나, 코만도 삼보를 수련한 스페츠나츠도 다르지 않았다.

모두 한순간에 끝나 버렸다.

일련의 사건들은 델타포스의 대표인 제이슨이 그렇게 쓰러져도 당연하게 받아들이게 만들었다.

"언제까지 누워 있을 건가?"

성환은 상황이 끝나도 일어나지 않는 제이슨에게 영어로 말하였다.

제이슨은 서둘러 자리에서 일어나 성환에게 고개를 숙이며 인사를 하였다.

"감사합니다."

제이슨은 처음 대련을 한다는 생각을 버리고, 자신을 교육시키는 교관을 대하듯 이번 대결에 대해 인사를 하였다.

그동안 제이슨을 델타포스 내에서도 최고의 정예라 평가를 받아 자만하고 있었다.

그런데 별 볼 일 없던 동양의 작은 나라에서 온 남자에게 형편없이 당할 줄을 꿈에도 몰랐다.

특히 그 나라에서 온 최정예 특수부대원으로 나온 이들은 자신이 속한 델타포스나 다른 특수부대들에 전혀 미치지 못했다.

그런데 오늘 보니 그게 아니었다.

나이가 많아 일선에서 물러났다고 하는 남자에게 자신은 물론이고, 여기 모인 각국의 특수부대의 대표들이 모두 나가 떨어졌다.

개인적인 생각으론 이 사람을 교관으로 모시고 싶다는 욕망이 들었다.

"수고했다."

이미 성환과 이들은 서로의 계급을 알고 있다.

대련을 할 때야 계급에 상관없이 행동을 하지만, 대련이 끝난 지금 나라는 달라도 예의는 지켜야 했다.

그래서 부사관인 제이슨은 성환에게 존칭을 하는 것이다.

성환은 계급이 무려 중령.

이렇게 체육관에서 성환이 대련을 마치고 체육관을 나오는데, 군인 한 명이 성환에게 다가와 무언가 쪽지를 넘겼다.

"충성! 중령님, 한국에서 전보가 왔습니다."

아마 한국에서 누군가 자신에게 급하게 소식을 전하기 위해 전보를 했나 보다.

아직 대회 중이라 전화기를 숙소에 두고 왔기 때문에 연락이 닿지 않아 급하게 전보를 했나 보다.

내일이면 모든 일정이 끝나 한국으로 돌아가는데 뭐가 급해 전보를 보낸 것인지 알 수가 없었다.

'누구지?'

성환은 전달된 전보를 펼쳐 보았다.

조카 실종.

긴급 연락 바람.

전보에는 아주 짧은 내용이 들어 있었다.

하지만 내용은 자못 심각했다.

자신의 조카가 실종이 되었단다.

그녀는 가수가 되겠다고 연예 기획사에 들어가 연습생 생활을 하고 있었다.

그런 조카가 실종이 되었다는 전보가 날아왔다.

전보를 보낸 사람은 바로 자신의 누나.

파삭.

자신도 모르게 힘이 들어갔는지 손에 쥔 전보가 덧없이 구겨졌다.

성환의 누나는 부모님이 돌아가시고 자신과 단 둘이 살게 되었을 때, 대학까지 중도 포기하고 자신의 뒷바라지를 해 주었다.

자신은 누나의 뒷바라지에 힘입어 육사에 입학할 수 있었다.

그런데 누나의 고생은 그렇게 끝나지 않았다.

자신이 육사에 입대하기 전 어려운 처지에 성실한 매형을 만나 결혼을 하였다.

누나의 형편을 잘 알면서도 자신까지 받아들이며 결혼

생활을 이어 나갔다.

그렇게 성실했던 매형은…… 호사다마라 했던가?

조카의 탄생과 자신이 육사에 합격을 했다는 소식을 듣고 서둘러 오다 교통사고로 돌아가셨다.

누나는 아직 한창인 나이임에 불구하고 매형을 잊지 못해 홀로 조카를 키웠다.

자신이 육사에 입대를 하는 바람에 더 이상 뒷바라지를 하지 않아도 되었지만, 여자 혼자 자식을 키운다는 것이 여간 힘든 일이 아니다.

그렇게 어린 조카를 키우고 조카가 장성해, 꿈을 펼치기 위해 연예 기획사에 들어갔다.

그런데 실종이 되었단다.

자신이 얼마 전 들은 소식으론, 곧 데뷔할 것이라 했었다.

한데 이런 어이없는 소식이 들려오자 성환은 믿을 수가 없었다.

꼭 누군가 자신을 상대로 장난을 치는 것만 같았다.

한참을 그렇게 멍하니 구겨진 전보만 뚫어지게 쳐다보던 성환은 어디론가 뛰기 시작했다.

2.
조카를 찾아서…….

간밤의 꿈의 내용이 불길하더니…….

성환은 전달된 전보의 내용을 보고 그 기분 나쁜 꿈이 암시한 일이 이것인 것 같다는 생각을 떨쳐 낼 수 없었다.

성환은 전보의 내용을 믿을 수 없어 급하게 공중전화가 있는 전화 부스로 달렸다.

뚜우, 뚜우, 뚜우.

뭔가 잘못된 것이 확실했다.

수화기에 들리는 것은 전화기가 잘못 놓여 있는지 단순 신호만이 들려올 뿐이다.

탁!

'제길!'

끓어오르는 화를 주체하지 못하고 응답 없는 전화기를 쳐 버렸다.

◈ ◈ ◈

성환이 누나의 집을 찾은 것은 전보를 받은 날부터 10일이 지난 뒤였다.

다음 날로 귀국을 했지만, 군인 신분인 그가 마음대로 위수지역을 벗어날 수는 없는 문제라 휴가를 신청하여 수락이 떨어질 때까지 기다릴 수밖에 없었다.

그나마 친족이 실종됐다는 것을 알기에 금방 휴가 신청이 받아들여졌다.

이번 경연 대회가 성환의 대령 진급과 맞물려, 진급 휴가를 가는 것으로 처리를 하였기에 행정상 아무 하자도 없었다.

전보를 받고 10일이나 늦게 나온 것이 미안했던 성환은 누나에게 연락도 하지 않고 바로 집으로 향했다.

"누나!"

집으로 들어간 성환의 눈에 조카의 사진이 들어가 있는 어지럽게 흩어진 전단지가 처음 보였다.

조금 더 안으로 들어가니 바닥에 쓰러져 정신을 잃은 누나의 모습이 보였다.

"억! 누나, 누나! 정신 차려 봐, 누나!"

놀란 그는 혼절한 누나를 깨우기 위해 품에 안고 뺨을 토닥였다.

아무런 반응이 없자 안 되겠다 싶어, 아직 공기가 차지만 창문을 활짝 열고는 욕실로 들어가 바가지에 찬물을 떠와 얼굴을 적셔 보았다.

하지만 정신을 차릴 기미가 보이지 않았다.

성환은 재빨리 119에 전화를 걸어 구조 요청을 하였다.

"여보세요, 119죠? 지금 사람이 쓰러졌습니다! 여기는…… 빨리 와 주십시오!"

성환은 집 주소를 불러 주며 현 상황을 자세히 설명을 하였다.

그리고 20분쯤 지나 구급차가 오는 소리가 들리자 성환은 얼른 그녀를 업고 대충 두꺼운 코트로 몸을 감싼 뒤 구급차를 향해 뛰쳐나갔다.

◈ ◈ ◈

응급실에 들어가 간단한 응급처치를 받고 일반실로 옮겨진 누나의 모습을 지켜보던 성황은 담당의에게 누나의 상태를 물었다.

"선생님, 누나의 상태가 어떻습니까?"

의사는 내려온 안경을 올리며 누나의 상태를 알려 주었다.

"영양실조 증상을 보이고 있습니다. 그리고 또 심리적으로 뭔가 큰 충격을 받았는지 심신이 모두 불안정한 상태입니다."

성환은 누나의 상태를 짐작할 수 있었다.

왜 아니 그러겠는가?

젊은 날 과부가 되어 어린 딸만 보고 살던 누나에게 애지중지한 딸이 실종되었다는 소식은 청천벽력과도 같았을 것이다.

성환은 일단 조용히 잠든 그녀의 손을 잡아 주었다.

침대보 밖으로 나온 누나의 손은 이제 겨우 마흔인 여자의 손이라고 보기 어려울 정도로 거칠었다.

젊어서 고생을 많이 한 탓인지 탄력도 떨어지고 무척이나 까칠까칠 하였다.

군인인 자신의 손보다 더 거친 느낌이 들어 잡고 있는데도 눈가에 눈물이 핑 돌았다.

"누나, 걱정 마. 수진인 내가 꼭 찾아 줄게……."

성환은 그렇게 자신에게 다짐을 하듯 말을 중얼거렸다.

이때 말소리를 들었는지 기절해 있던 누나가 깨어나려는 듯 신음을 하였다.

"으…… 음, 음……."

◈ ◈ ◈

자신이 기절했나 보다.

실종된 딸을 찾기 위해 20여 일을 헤매고 다녔다.

처음 며칠은 집에 안 들어와 딸이 다니는 연예 기획사에 연락을 해 보았다.

그곳에서 딸이 곧 데뷔하는 그룹에 들어갔기에, 합숙을 하느라 연락을 하지 못하는 중이라고 들었다.

그러면서 정중히 사과를 하는 통에 그냥 넘어갔다.

자신은 연예인에 대하여 흉흉한 이야기도 있고 해서 혹시나 싶어 전화를 했는데, 다행히도 마무리 훈련을 위해 합숙을 한다고 하니 괜찮다고 생각했다.

그런데 그 뒤로 며칠이 더 지났다.

아무리 합숙이라고 하지만 도저히 이해가 가지 않았다.

합숙을 하더라도 일주일 넘게 집에 오지도 않고, 연락도 없는 것이 성희는 이해할 수 없었다.

여자아이가 속옷도 갈아입지 않고 일주일간 연습을 한다는 게 도저히 자신의 상식으론 있을 수 없는 일이었다.

그래서 다시 한 번 딸의 소속사에 연락을 해 보았다.

혹시나 연예계에 대하여 잘 모르는 자신 때문에 딸에게 불이익이 가지나 않을까, 하는 마음에 연락을 잘 하지 않았지만 그래도 너무 불안했다.

지금까지 살아오며 딸이 자신에게 이렇게 오래도록 연락을 하지 않은 때가 없었다.

수학여행을 갔을 때도 그날 밤 바로 연락을 했었다.

연예인이 되겠다고 기획사에 들어가 수련회를 갔던 때도 마찬가지.

그랬는데…….

이번엔 장장 일주일 동안 단 한 번의 연락도 없는 것이다.

분명 저번에 전화를 했을 땐 마무리 연습을 위해 합숙 훈련을 한다고 했다.

그런데 며칠 만에 말이 바뀌었다.

마무리 훈련을 끝내고 집으로 갔다고 했다.

이게 어떻게 된 일인가?

성희는 어떻게 된 것인지 따졌다.

하지만 딸의 회사에 찾아가 들은 답변은 수진이 말도 없이 무단으로 팀을 이탈을 했기에 제적했다는 소리뿐이었다.

이런 황당한 말이 어디 있단 말인가?

그들의 태도가 어딘지 이상한 느낌을 받았지만, 일단 딸을 먼저 찾아야겠다는 생각에 그런 것을 접었다.

우선 최근에 찍은 딸의 사진을 크게 확대하여 전단지를

만들었다.

그리고 딸의 사진이 들어간 전단지를 딸이 다니던 회사 근처에서 지나가는 사람들에게 나눠 주기 시작하였다.

그렇지만 아무런 성과가 없었다.

경찰에 실종 신고도 해 보았지만 소용이 없었다.

경찰들은 자신의 신고에 별로 신경 쓰지 않는 것 같았다.

기가 막힌 것은 자신이 신고를 하면서 회사에 전화를 했을 때 들은 답변을 이야기하였지만 경찰은 들은 척도 하지 않았다.

그러면서 아마도 딸이 연습이 힘들어 가출을 한 것은 아니냐.

혹시 같이 다니던 남자 연습생과 도망간 것은 아니냐.

하는 황당한 소리들뿐이었다.

자신의 딸은 곧 데뷔할 그룹에 속해 있어 그럴 리가 없다는 말은 씨알도 안 먹혔다.

더 기가 막힌 사실은 참고인으로 딸의 회사에서 실장이란 사람이 와서 한 소리.

딸인 수진이 실력도 형편없었고, 또 연습 스케줄을 따라가지 못해 조만간 퇴출될 위기였다는 말을 하였다.

그러고는 아마 그래서 도망친 것이 아닌가? 생각 중이라고 했다.

그런 말을 듣고 온 성희는 그날 밤 한참을 울다 잠들었다.

그것이 마지막 기억.

그런데 깨어 보니 집이 아니다.

하얀 벽과 천장의 형광등은 거실에 있는 것과 전혀 달랐다.

깜짝 놀라 몸을 일으켜 주변을 살피려는데, 누군가 자신의 손을 꼭 잡고 있는 것이 느껴졌다.

'누가 내 손을 잡고 있는 거지……?'

아는 사람도 드문 자신의 손을 잡고 있는 사람이 궁금해 고개를 돌렸다.

고개를 돌린 성희의 눈에 다른 누구도 아닌 든든한 자신의 동생이 들어왔다.

어려운 형편에 피나는 노력을 해 육군사관학교에 입교한 동생.

힘들게 들어간 사관학교에서 각종 표창과 훈장까지 받아 자신은 물론, 조카 수진이도 자랑스러워하던 삼촌.

동생이 자신의 앞이 있으니 말이 나오지 않았다.

그동안 마음 조렸던 성희는 자신도 모르게 서러움이 복받쳐 두 눈에선 눈물을 흘렸다.

"엉엉엉! 성환아, 성환아! 우리 수진이, 우리 수진이……! 억!"

성희는 그렇게 동생과 딸의 이름을 부르다 다시 실신하였다.

"누나, 누나! 의사!"

성환은 그녀를 보고는 거칠게 의사를 불렀다.

그 모습에 뒤에 있던 의사가 급하게 다가와 기절한 성희의 눈을 까 보며 상태를 확인했다.

◈ ◈ ◈

잠시 손을 잡고 있다 보니 누나가 정신을 차렸다.

그리고 자신의 모습을 확인하더니 갑자기 울기 시작한다.

자신의 이름을 부르고, 또 조카의 이름을 부르다 기절을 했다.

'으윽!'

성환은 자신도 모르게 어금니를 악물고, 누나의 손을 잡은 손이 아닌 그 반대 손에 절로 힘이 들어갔다.

눈은 분노에 충혈 되고, 힘이 들어간 손에서 뜨거운 무언가가 흐르는 게 느껴졌다.

속에서 끓어오르는 분노를 참을 길이 없었다.

지금 눈앞에 조카의 실종과 관련이 있는 자가 있다면 갈아 마셔 버리고 싶은 심정이었다.

의사가 기절한 누나의 상태를 확인하는 동안 성환은 조

용히 병실을 나왔다.

그리고 병원 밖으로 나와 어디론가 전화를 하였다.

◈ ◈ ◈

"통신보안, 난 특전사령부의 정성환 대령인데, 최세창 중령 있나?"

—통신보안, 이 번호는 어떻게 아시게 된 것입니까?

수화기 너머에선 여자의 차가운 목소리가 들려왔다.

하지만 성환은 대답할 마음이 없었다.

"알 바 아니니까, 얼른 최 중령 바꿔!"

단호한 성환의 목소리 때문인지 수화기 너머로 뭔가 떨어지는 듯한 소리가 들리긴 했지만 성환은 그런 것은 신경 쓰지 않았다.

지금 자신의 사정이 급했기에 누군가의 사정을 들어줄 여유가 없었다.

수화기 너머에서 여자가 다시 말을 하였다.

—현재 자리에 계시지 않습니다. 무슨 용건으로 그러시는 겁니까?

전화기 너머로 들린 여자의 답변은 성환을 실망시켰다.

그가 지금 자리에 없다는 말에 잠시 생각을 하였다.

잠시 통화를 멈추고 생각을 하고 있을 때 전화기 너머

에서 다시 소리가 들렸다.

—최세창 중령님, 도착하셨습니다.

지금 자신에게 도움 줄 만한 사람이 생각이 나지 않아 고민하고 있었는데 천만다행이었다.

—나 최세창이다. 정성환이, 정말 오랜만이네. 그런데 무슨 일로 네가 날 찾냐?

“오랜만이다. 내가 너한테 전화할 일이 뭐 있겠냐. 도움 좀 받자.”

— 하, 별일이네, 천하의 정성환이가 내게 도움을 청하다니.

“그럴 일이 좀 있다. 네가 정보사에 있으니 알겠지만, 혹시 주변에 밖의 사정에 훤한 사람 알고 있냐?

—뭐 때문에 그러는데? 뭔 일 있냐?

성환은 군에 투신한 후로 누나와 조카에 관한 일 빼고 한 번도 부대 밖 일에 큰 관심을 두지 않았었다.

그러니 조카의 실종 사건에 대해 어떻게 조사를 해야 할지 갈피를 잡지 못하고 이렇게 군에 있는 정보 계통의 전문가인 동기에게 도움을 청했다.

그런 성환에 대하여 잘 알고 있는 최세창 중령은 뜻밖에 자신에게 도움을 청하는 성환의 전화에 놀란 것이다.

특히 이 전화는 군대 내에서도 특별 보안이 되는 번호였다.

일반에 알려지지 않은 것이다.

물론 우연한 기회에 성환을 만나 알려 주긴 했지만, 이렇게 밖에서 전화를 걸 줄은 몰랐다.

사실 번호를 성환에게 알려 주는 행위도 군법에 걸리는 일이었다.

하지만 일단 일이 벌어졌으니 도움을 주고 나중에 자세하게 알아봐야겠다는 생각에 도움이 될 만한 이를 소개해 주었다.

—그럼 일단 번호 하나 받아 적어라.

"그래, 오늘 도움 잊지 않겠다."

자세히 묻지 않고 도와주는 최세창의 말에 성환은 감사의 말을 전했다.

막막한 상태에서 정말이지 사막에서 오아시스를 발견한 조난자와 같은 심정이었다.

성환은 전화번호를 받아 적고 최세창 중령과 통화를 끝냈다.

그리고 바로 최세창 중령이 알려 준 번호로 전화를 하였다.

"여보세요, 거기 진성 기획 맞습니까?"

—네, 맞는데…… 누구시죠?

"네. 정성환이라고 하는데, 최세창이란 분의 소개로 전화를 했습니다."

성환은 전화를 건 용건을 간단하게 전했다.

사실 최세창 중령이 알려 준 번호는 정보사령부 산하에 있는 용역 회사로, 정보사의 분소(分所)였다.

그런 사실을 모르는 성환은 최세창이 알려 준 대로 자신의 사정에 대하여 설명을 하며 용역 회사의 사장을 찾았다.

"혹시 거기 사장님 계십니까?"

—사장님은 잠시 출타 중이십니다.

"그럼 언제쯤이나 들어올까요?"

—그건 언제 들어온다, 확답을 드리기 힘들겠습니다. 사장님의 스케줄이라는 것이…….

성환 역시 여직원의 말이 이해가 갔다.

외근을 나갔으니 사장이 언제 들어올지 모르는 것이 당연하다 느꼈다.

"그럼 전화번호 하나 전달해 주시겠습니까?"

—네, 불러 주시겠습니까?

성환은 자신의 휴대폰 번호를 불러주었다.

"010에 XXXX, XXXX. 정성환 대령이라고 전해 주시기 바랍니다. 조금 급한 일이라 그러니 들어오는 대로 연락 부탁한다고도 전해 주십시오."

성환은 자신의 번호를 알려 주면서 부탁을 하였다.

여직원이 알았다는 대답을 듣고 전화를 끊었다.

전화 통화를 마친 성환은 다시 누나가 입원한 병실로 갔다.

◈ ◈ ◈

한편 성환과 통화를 마친 최세창 중령은 어디론가 연락을 하였다.

자신이 알고 있는 정성환이는 자신의 일에 대하여 혼자서도 충분히 해결할 수 있는 능력을 가진 사람이었다.

육사에 있을 때부터 그는 동기들 중에서 아주 특출 난 존재였으니까.

리더십이면 리더십, 운동이면 운동, 그리고 전술이나 전략을 짜는 것에도 아주 독보적인 사람이었다.

최세창이 만나 본 사람 중 그와 같은 천재는 없었다.

물론 한 방면에 특화된 이들은 몇 보았다.

하지만 정말로 정성환이 같은 인물은 보지 못했다.

그래서 그가 육사를 졸업하고 특전사에 지원했을 때, 많은 이들이 우려할 때도 자신은 그라면 성공할 것이라 생각했다.

물론 자신의 짐작대로 동기들보다 빠르게 진급을 하고, 특전부대의 팀장이 되어 비밀 작전까지 다녀왔다.

자신이 알게 된 것은 정성환이가 작전을 다녀온 뒤였

지만.

아무튼 비록 그 작전을 하면서 부하들을 모두 잃어 방황한 적도 있었다.

하지만 그는 자신이 알고 있는 사람 중 가장 특별한 사람임에 틀림이 없다.

그런 존재가 다급한 목소리로 도움을 요청한 것에 최세창은 뭔가 일이 벌어지고 있음을 본능적으로 알게 되었다.

결코 이번 일이 가볍게 해프닝으로 끝나지 않을 것이란 느낌도 받았다.

그래서 자신의 밑에 있는 정보부 요원들을 호출했다.

◈ ◈ ◈

성환이 병실로 들어서자, 언제 깼는지 누나가 침대에 반쯤 기대 있는 것이 눈에 들어왔다.

"어, 누나 언제 일어났어?"

누나의 곁으로 얼른 뛰어간 성환은 망연하게 자신을 보고 있는 누나의 손을 잡아 주었다.

성환이 손을 잡아 주자 뭔가 불안해 보이던 성희의 눈빛이 어느 정도 안정을 되는 것이 보였다.

"어떻게 된 거야?"

조용히 어떻게 된 것인지 물었다.

아직도 성환은 조카의 실종이나 누나의 상태가 현실 같지 않았다.

그런 동생의 물음에 성희는 다시 또 눈물을 흘렸다.

어떻게 설명을 해야 할지 몰라 답답했다.

그러다 조금 진정이 되었는지 성희는 성환에게 지금까지 있던 일들에 대하여 차근차근 이야기를 들려 주었다.

"그러니까 20여 일쯤 전인가? 수진이가 들어오지 않아 연락을 해도 꺼져 있다는 응답만 있기에 회사로 전화를…… 그런데 합숙을 끝나고 나갔다고…… 그런 적이 없다는 거야. 그리고……."

성환은 누나의 이야기를 들으며 뭔가 이상한 느낌을 받았다.

조카의 실종에 뭔가 석연치 않은 점이 느껴졌다.

정확하게 뭔지는 모르지만 조카의 실종과 소속되어 있던 기획사 간에 뭔가 연관이 있다는 생각을 떨칠 수가 없었다.

처음에는 합숙 때문이라고 하더니, 며칠 지나지 않아 말을 번복하고 집으로 돌려보냈다?

더군다나 누나가 경찰에 실종 신고를 하니, 데뷔하려는 그룹에서 뽑히지 못했을 뿐 아니라 실력도 없어 곧 퇴출 대상이었다는 것이다.

이게 말이 되는 소리인가?

완전히 앞뒤가 맞지 않은 답변이 아닌가?

이런 생각이 들면서 성환은 자신이 직접 알아봐야겠다는 생각을 하게 되었다.

누나의 이야기를 듣다 성환을 화나게 하는 것이 있었다.

조카의 실종 신고을 접수한 경찰들의 태도.

어떻게 부모가 자식의 실종 신고를 하는데, 그렇게 무성의하게 접수를 받을 수 있으며, 또 자식의 실종으로 억장이 무너진 부모 앞에서 요즘 애들이 그렇다, 동료 남자 연습생과 도망친 것은 아니냐?!

어떻게 그런 소릴 지껄일 수 있는지 그 정신을 뜯어보고 싶었다.

"누나, 너무 걱정하지 마. 내가 찾아볼 테니 누나는 일단 몸부터 챙겨."

"아니야, 나도 수진이 찾아봐야지! 나, 다 나았다."

성환의 몸부터 챙기라는 말에 성희는 자신은 다 나았다며 자리에서 일어나려 했다.

하지만 성환은 의사가 당부했기에 억지로 일어나려는 성희의 몸을 침대에 눕혔다.

"누나, 의사 선생님이 누나 영양실조래. 도대체 얼마나 굶은 거야……. 수진인 걱정 말고 기다려."

강제로 자신을 눕히는 동생의 힘을 당하지 못하고 억지로 침대에 누운 성희는 하는 수 없이 동생을 말을 따르기로 하였다.

"알았다, 우리 수진이…… 꼭 좀 찾아 줘……. 약속한 거다."

"알았어. 내가 지구 끝까지라도 뒤져서 수진이 찾을 테니, 나만 믿고 누난 몸조리나 잘해! 그럼 난 알아볼 게 있어 가 볼게."

성희를 뒤로 하고 병실을 나섰다.

일단 조카의 실종을 접수한 담당 경찰서로 향했다.

도대체 어떤 놈이 그따위로 접수를 받았는지, 또 진행은 어떻게 되고 있는지 자신이 직접 봐야 했다.

◈ ◈ ◈

보라매 파출소.

성희가 딸 수진과 연락이 되지 않은 일주일이 지난 뒤 급하게 딸의 실종 신고를 한 곳이다.

성환은 파출소 앞에 잠시 서서 입구를 쳐다보았다.

입구에 있는 표어가 보였다.

민중의 지팡이라 적혀 있는 것을 잠시 주시하던 성환은 안으로 들어갔다.

성환이 파출소 안으로 들어서자 안에 있던 경찰들이 의아해 했다.

군인.

그것도 장교 복장을 한 군인이 경찰서를 찾는 일이 좀처럼 없었기 때문이다.

그런데 지금 상황에 경찰들은 조금 당황하였다.

성환은 그들이 당황하거나 말거나 차가운 표정으로 경찰서 내부를 살펴보았다.

잠시 내부를 살펴보던 성환은 가장 자신과 가까이 있는 경찰에게 물었다.

"최수진 학생의 실종 신고를 받은 사람이 누굽니까."

성환의 딱딱한 억양의 말투에 경찰이 긴장을 했다.

차갑게 물어오는 성환의 몸에선 저절로 만인을 누르는 위압감이 풍겨 나왔다.

"저, 저……."

더듬거리는 그의 모습에 짜증이 난 성환이 그의 테이블을 강하게 내려쳤다.

쿵!

큰소리가 울리자 안에 있던 모든 사람들이 한 발짝 뒤로 물러났다.

놀란 것보다 성환의 몸에서 느껴지는 기운이 심상치 않았기 때문이다.

현재 성환은 조카의 사건을 누나에게 전해 듣고 화가 난 상태.

그런데 이들은 뭐에 겁을 먹은 것인지 잔뜩 긴장해, 자신의 물음에 제대로 된 대답을 하지 못하고 있었다.

그 모습이 무척이나 답답했다.

"내말 안 들리나! 누가 사건 접수를 한 것인가!"

성환은 답답한 경찰들을 보자 평소 특전사에서 쓰던 버릇 그대로 소리쳤다.

그러자 경찰들은 조심스레 누군가를 쳐다보았다.

성환은 경찰들의 반응에 아마도 그가 사건 접수한 것으로 짐작이 되었다.

정황을 파악한 성환은 그의 곁으로 다가가 사건 진행에 대하여 듣기로 하였다.

"그동안 수사 진행에 대해 설명해 보시오."

이미 성환의 모습에 기가 질린 그는 제대로 된 답변을 하지 못했다.

아니, 아직까지 이들은 수진의 실종 신고에 대한 수사를 진행하지 않고 있었다.

그저 청소년의 가출 정도로 생각하고 시간을 조금 더 지켜보기로 한 것이다.

이런 사실을 들은 성환은 파출소를 한바탕 뒤엎어 버렸다.

"뭐?! 가출한 걸 수도 있어서 아직 수사에 나서지 않았다고? 그게 지금 말이 되는 소리야! 만약 이게 단순 가출이 아니라 누군가에 의한 납치나, 감금, 아님 그에 준하는 상황이면 너희들 각오하는 것이 좋을 거야!"

성환은 분을 참지 못하고 데스크의 하단을 힘껏 걷어차고 파출소를 빠져나왔다.

◈ ◈ ◈

파출소에서 한바탕하고 나온 성환은 누나 집에 가 옷을 갈아입은 후 다시 병원으로 왔다.

성환은 병원에 돌아와서 병상에 있는 누나를 보았다.

안정제를 맞고 잠이 들었는지, 곤히 자는 누나를 보니 가슴이 짠했다.

이제 겨우 40인데 너무나 고생을 해서 그런지 50대라고 봐도 무방할 정도로 늙어 있었다.

'누나 걱정하지 마……. 내가 무슨 수를 써서라도 수진이 찾아 낼 테니.'

진성이 그렇게 누나의 손을 잡고 속으로 다짐하고 있을 때, 호주머니 안쪽에 넣어 둔 휴대폰이 울렸다.

"여보세요, 정성환입니다."

차분하게 전화를 받자 수화기 너머에서 아주 반가운 남자의 목소리가 들려왔다.

—실례합니다, 정성환 님 전화 맞습니까?

"예, 맞습니다. 그런데 누구시죠?"

—아, 예. 전 진성 기획의 사장인 김진성이라 합니다. 전화 주셨다고 하셔서 연락드렸습니다.

전화를 건 남자는 바로 낮에 자신이 찾던 흥신소 사장이었다.

"예, 제가 연락드렸습니다. 좀 만날 수 있을까요? 의뢰할 일이 있어 그러는데."

—알겠습니다. 의뢰를 하기 위해 전화를 주셨다니 찾아뵙도록 하겠습니다. 그럼 어디가 좋겠습니까?

"아, 제가 지리를 잘 몰라서 그러는데, 어디가 편하겠습니까?"

성환은 말을 하다 내일 자신이 청담동에 있는 조카의 소속사를 찾아가 보기로 했던 일이 기억이 났다.

"제가 내일 청담동 쪽에 일이 있어 그러는데, 될 수 있으면 그쪽 방향이면 좋겠습니다."

—그럼 청담동에 있는 호텔 티파니 안, 커피숍에서 뵙기로 하죠.

"알겠습니다. 그럼 그곳에서 뵙기로 하고, 오전 중에는 제가 일이 있으니 오후 1시가 어떻겠습니까?"

—네, 그렇게 하기로 하죠. 그럼 내일 13시 청담동 호텔 티파니에서 뵙기로 하는 걸로 알겠습니다.

"예, 그럼 그때 보기로 하고 이만 끊겠습니다."

— 예, 그럼 들어가십시오.

진성과 통화를 마치고 성환은 눈을 감고 차분히 내일 할 일을 떠올렸다.

'일단 아침엔 수진이가 다녔다는 회사에 가서 알아보고, 오후엔 사장을 만나 이번 실종에 관해 의뢰를 해야겠군.'

성환은 이번 실종이 생각보다 가벼운 문제가 아니란 생각이 들었다.

비록 자신이 연예계라는 것에 대하여 알지도 못하지만 듣기로 무척이나 지저분한 곳이라 들었다.

더욱이 연예계 일부에선 조직폭력배와 같은 쓰레기들도 많이 연관되어, 자칫 잘못하다 패가망신한 사람이 한둘이 아니란 소리도 들었다.

'만약 수진이에게 그런 일이 발생했다면, 관련자들 한 놈도 살아남지 못할 것이다.'

성환은 이번 일이 정말로 루머로 떠도는 그런 지저분한 일과 관련이 있다면 그에 관련된 모든 인간들을 가만 두지 않으리라 다짐했다.

부모님이 돌아가시고 갓 대학에 들어갔던 누나는 겨우 20살에 학교도 그만두고 생활전선에 뛰어들었다.

그때 당시 자신은 중학생.

집안에 도움이 되기 위해 아르바이트를 하려 해도 나이가 어려 아무것도 못했다.

다행이라면 누나가 대학을 휴학하고 들어간 직장의 사장이 누나를 좋게 보았는지 많은 편의를 봐주었다는 것.

작은 회사의 경리지만 누나는 열심히 일을 했다.

사장의 소개로 결혼도 하고, 금슬이 좋아 금방 조카도 보았다.

고아였던 매형은 그만큼 가정에 충실하고, 또 형제가 없다 보니 자신도 많이 귀여워했었다.

그러나 그렇게 성실하고 착하던 매형은 외근을 나갔다 돌아오는 길에 음주 운전 차량과 추돌 사고가 나고 말았다.

매형은 현장에서 사망을 하고, 자칫 잘못했으면 피의자로 뒤집어쓸 뻔하였다.

다행히 매형이 타던 차에 블랙박스가 장착이 되어 있어 누명을 쓰지 않았다.

하지만 고아에, 힘도, 빽도 없다 보니 이제 겨우 30대였던 매형의 보상은 얼마 되지 않았다.

적은 보상금과 매형이 다니던 회사에서 들어 둔 보험이 있어, 그나마 누나와 조카가 살아가는 데 밑천이 되었다.

누나는 금방 정신을 차리고 보상금으로 작은 식당을 시작하였다.

맞벌이였던 부모님의 영향 때문인지 살림을 도맡던 누나의 음식 솜씨는 제법 있었다.

그래서 자신을 포함한 세 식구가 살기에 충분한 돈을 벌 수 있었다.

새벽 일찍 장을 봐서 음식을 장만하고, 밤늦게까지 장사를 하던 누나.

그런 누나의 부담을 줄여 주기 위해 성환은 자신이 가장 잘하는 공부를 열심히 했다.

성적이 좋았던 성환에게 서울대, 연세대, 고려대 등에 들어가라는 권유도 있었지만, 성환은 미래를 위해 육군사관학교에 지원을 하였다.

전액 장학금에 기숙사로 입교해야 하기에, 자신이 육사에 들어가면 누나의 부담이 줄어들 것이라 판단했다.

그렇게 육군사관학교에 입교를 하고 모든 일에 최선을 다했다.

그것이 고생한 누나를 기쁘게 하는 일이기 때문이다.

열심히 한 보상을 받듯 사관학교에서도 수석을 차지하였다.

몇 년간 여생도에게 수석과 차석을 빼앗겨 자존심이 상했던 남자 생도들과 교관들에게 축하를 받았다.

그렇다고 수석을 성환에게 빼앗긴 여생도들이 성환을 미워한 것은 아니었다.

키도 크고, 잘생긴 그에게 잘 보이기 위해 언제나 그의 주변에는 많은 생도들이 있었다.

남자 여자 할 것 없이 그의 주변에는 사람들이 있었다.

성환과 손이라도 잡아 보기 위해 모여든 여생도들, 그리고 그런 여생도들과 연분을 만들어 보려는 남생도들, 또 미래가 보장된 성환과 인연을 맺어 두려는 사람들까지, 모두 각자 생각이 있어 성환의 주변에 모여들었다.

역대 최고로 많은 친구를 거느린 성환의 졸업식 때 축하하기 위해 왔던 누나와 조카가 그런 그를 보며 놀랐었다.

그때의 기억을 떠올리며 성환은 자신도 모르게 입가에 미소가 지었다.

옛 추억들을 떠올리며 그렇게 성환은 의자에 앉아 잠깐 눈을 붙였다.

◈ ◈ ◈

날이 밝자 성환은 가까운 사우나에서 몸을 씻고 수진이 다니던 회사로 갔다.

성환이 알아보니 강남에는 많은 연예 기획사들이 모여 있었다.

그곳에 연예 기획사들이 많은 이유는 젊은이들이 많이 모이는 장소에, 일단 방송국과 가깝기 때문이다.

예전에는 방송국이 여의도에만 있었다면, 지금은 일산 쪽에도 녹화장이 생겨 양쪽을 다 다녀야 했기에, 그 중간

지점에 있는 것이 교통에 용의했기 때문이다.

또 대형 기획사인 MS나 YJP가 자리하다 보니 연예인이 꿈인 꿈나무들이 많이 찾는다.

대형 기획사에서 탈락한 이들을 잡기 위해서 규모가 작은 기획사들 역시 모여들기도 했다.

수진이 다니던 곳도 그런 곳 중 하나였다.

MS엔터테인먼트와 얼마 떨어지지 않은 곳에 있는 M&S엔터테인먼트.

그곳이 수진이 다니던 회사였다.

오전 10시.

조금 이른 시간이긴 하지만 성환은 실종된 조카의 마지막 소식을 들은 곳이기에 M&S엔터테인먼트를 찾았다.

성환이 입구에 들어서니 안내 데스크에 있던 직원이 물었다.

"어떻게 오셨습니까?"

"난 여기 연습생으로 있다 실종된 최수진의 외삼촌입니다. 사장님 좀 뵈러 왔습니다."

성환이 자신의 신분을 알리자 직원은 잠시 당황하였다.

그렇지 않아도 연습생 한 명이 실종된 문제로 회사 내에서도 말들이 많았기 때문이다.

더욱이 위에서 그 일에 대하여 함구하라는 지시가 내려온 상태였다.

"저…… 지금 사장님이 자리에 계시지 않습니다. 그리고 사장님을 만나시려면 사전 약속을 잡으셔야……."

"내가 군인이라 시간이 한가한 것이 아니니, 바로 연락해 주십시오. 사장이 아니면 그 일에 책임 있는 사람이라도 있을 것 아닙니까?"

성환은 다니던 연습생이 이곳을 나간 뒤 실종이 되었으니, 누구라도 책임자가 있어 그 사건에 대하여 담당하고 있을 것이라 판단하고 그리 말했다.

하지만 돌아온 소리는 성환의 기대를 저버렸다.

"저희는 연예 기획사지 경찰이 아닙니다. 그런 건 경찰서에 가셔서 알아보시기 바랍니다."

"지금 뭐라고 하는 거야! 당신들과 말이 안 되니, 책임질 수 있는 자리에 있는 사람 오라고 하든지, 아니면 사장을 만나게 해 주시오."

성환은 일개 안내 직원을 상대로 자신이 떠들어 봐야 얻을 것이 없다는 판단에 사장이나 아니면 그에 준하는 책임질 수 있는 자리에 있는 인사를 만나기로 하였다.

입구에서 이렇게 실랑이가 벌어지고 있자 안으로 들어오던 사람들의 시선이 몰렸다.

"무슨 일입니까?"

검은 양복을 입은 40대 남자가 소란이 일고 있는 데스크로 다가왔다.

그런 그를 보며 직원이 인사를 하였다.

"어서 오십시오, 전무님."

성환은 직원이 전무라 인사한 이를 보며 눈을 반짝였다.

"그래, 무슨 일인데 이리 소란스러운 거야?"

손님이 있기에 존댓말을 하던 전무란 사람은 직원들에게 무엇 때문인지 이유를 물었다.

하지만 직원보다 성환이 먼저 앞으로 나와 말을 하였다.

"전무면 어느 정도 책임자라 생각되니, 말 좀 합시다."

자신보다 나이가 많아 보이기는 하지만 성환은 그런 것에 신경 쓰지 않고 말을 하였다.

성환의 몸에서 일고 있는 기세가 심상치 않아 본능적으로 움찔하고 말았다.

"난 이곳에 연습생으로 있던 최수진의 외삼촌인데, 조카의 실종에 대해 알아보기 위해 왔소."

성환의 말에 전무는 잠시 눈을 반짝였다.

그를 살펴보기 위해 말을 바로하지 않고 성환의 전신을 한 번 훑어보았다.

깔끔한 양복을 입고 있긴 하지만 고가의 제품은 아니다.

어느 정도 견적이 나오자 전무는 조금 전 긴장한 것은 어디로 가고, 편하게 말을 놓았다.

"뭘 알아보겠다는 거지?"

전무의 반말에 성환은 살짝 미소를 지으며 말을 하였다.

"내가 누님께 듣기로는 처음 전화를 했을 때만 해도 데뷔를 앞두고 합숙 훈련을 하느라 연락을 못한다고 했는데, 그 다음에는 합숙이 끝나고 보냈다 말을 하고, 경찰에 실종 신고를 한 뒤로는 실력이 없어 퇴출시키려던 중이라 했다는데…… 이거, 말의 앞뒤가 맞지 않다고 생각하지 않소?"

성환의 말에 전무는 잠시 신음을 했다.

"음……."

남자는 다시 성환을 보며 일단 회사 입구서 이렇게 떠드는 것이 회사에 좋은 영향을 주지 못한다는 것을 깨닫고 일단 안으로 들어가기로 하였다.

"일단 제 방으로 들어가 이야기를 계속하기로 하지."

성환을 대리고 자신의 사무실로 들어간 전무는 성환을 보며 이야기를 시작했다.

"어떤 소리를 듣고 오셨는지 모르지만 모두 맞는 이야기입니다. 합숙을 시킨 것도 맞고, 합숙이 끝나 보낸 것도 맞습니다. 그리고 퇴출이 결정된 것도 사실입니다."

전무는 조금 전까지만 해도 성환에게 하던 말투가 바뀌어 있었다.

성환의 억양에서 많은 사람들에게 지시를 내리던 사람

이란 것을 본능적으로 깨달았기 때문이다.

그런데 일반 회사의 간부들이 부하 직원에게 하는 말투가 아니라 무언가 조직적인 느낌이 강했다.

그랬기에 성환이 어느 조폭 조직과 관련이 있는 것으로 착각을 하고 이렇게 저자세로 말을 하는 것이었다.

성환의 몸에서 풍기는 분위기나 그런 모든 것을 종합해 보면 딱 봐도 조폭과 연관이 있어보였다.

머리도 짧고 피부도 검붉게 탄 것이, 외부에서 많이 활동을 한 것 같이 강인해 보였다.

전무가 이런저런 생각을 하며 떠들고 있지만 성환의 머릿속엔 이 사람이 거짓말을 하고 있다는 생각이 가득했다.

말을 하면서도 남자의 눈동자는 빠르게 움직이며, 마른 침을 자꾸만 삼키고 있었다.

뭔가 불안한 마음에 안절부절 못한다는 것이 여실히 들어나 있었다.

성환이 비록 전문가처럼 심문에 대하여 교육을 받지는 않았지만, 사람의 심리에 대한 공부는 육사에서 많이 했기에 지금 눈앞에 있는 남자가 무척이나 불안정하다는 것을 알았다.

거짓을 감추기 위해서 다시 거짓말을 하고 있는 것이 눈에 훤했다.

"당신의 말이 사실이길 빌겠소. 내 따로 조사를 해, 당신의 말이 거짓이라 밝혀졌을 땐 그만한 각오를 해야 할 것이오."

이미 숨기려고 작정을 했는지, 남자는 계속해서 했던 말만 앵무새처럼 반복하고만 있었다.

결국 성환은 알고자 하는 말은 아무것도 듣지 못했다.

자신이 알고 싶은 것은 이 회사가 어떻게 연습생을 관리하고 어떤 시스템으로 연예인을 데뷔시키는 것이 아니다.

실종된 조카의 행방이 궁금할 뿐이다.

그렇기에 성환은 남자에게 경고를 하고 자리에서 일어났다.

무엇에 겁을 먹은 것인지는 모르지만, 성환은 별 성과 없이 M&S엔터테인먼트를 나올 수밖에 없었다.

◈ ◈ ◈

M&S엔터테인먼트를 나온 성환은 진성과의 약속 장소로 갔다.

회사를 방문함으로써 심증을 굳혔다.

수진의 실종에 어떻게든 회사가 연관이 있다는 것을 깨달은 성환은, 그들이 숨기고 있는 것이 무언지 알아보기 위해 김진성에게 의뢰를 하기로 했다.

M&S엔터테인먼트에서 호텔 티파니까지 거리가 좀 있

지만, 아직 약속 시간까지 여유가 있기에 성환은 천천히 걸어서 약속 장소로 향했다.

가면서 성환은 평일인데도 많은 학생들이 좋아하는 연예인을 보기 위해 그들이 소속된 기획사 주변을 배회하는 것을 목격하곤 속으로 혀를 찼다.

'쯧쯧, 한창 공부할 때에 저게 무슨 짓들인지…….'

그렇게 오랜만에 사회에 나와 사람들의 모습을 구경하며 약소 장소인 호텔 티파니에 도착을 하였다.

너무 일찍 도착을 해서 그런지 호텔에 있는 카페테리아에는 몇몇 손님뿐이 없었다.

"이거 너무 일찍 온 것 같네."

아닌 게 아니라 약속 시간인 13시까지는 아직도 2시간이나 남아 있었다.

M&S엔터테인먼트에 10시에 도착을 하여 안내 직원과 잠깐의 실랑이와 전무란 자와 이야기를 하고 걸어 왔는데도 11시.

성환은 조금 전 전무와 이야기를 하면서 느낀 것은 조카가 다녔다는 회사가 결코 정상적인 회사는 아닌 것 같다는 생각이었다.

무언가 걸리는 것이 있긴 한데, 그게 무언지 확실하게 잡아낼 수 없었다.

그렇게 한참을 고민하고 있을 때 누군가 자신을 부르는

소리를 들었다.

"정성환 손님, 정성환 손님! 안 계신가요?"

성환이 자신을 부르는 소리에 고개를 돌리니 어떤 젊은 여자가 팻말을 하나 들고 자신을 찾는 것이 보였다.

그리고 그 여자 옆에는 어떤 인물이 함께하고 있었다.

그렇기에 성환은 조용히 손을 들었다.

성환이 자신이 있는 자리를 표시하자 여자와 함께 있던 남자가 성환에게 성큼 다가왔다.

"처음 뵙겠습니다, 김진성이라 합니다."

"아, 네. 반갑습니다, 정성환입니다."

서로 인사를 하고 자리에 앉았다.

"그런데 무슨 일로?"

김진성은 상관인 최세창 중령으로부터 긴급하게 연락을 받았다.

자신의 육사 동기 중 한 사람이 도움을 청했다는 것이었다.

그런데 단순한 장교가 아니라, 정보사령부 내에서도 요주의 인물로 은밀하게 관찰하는 사람이라는 주의를 받았다.

그러니 그가 무슨 이유로 도움을 청하는 것인지 알아보라는 지시를 받았다.

용역 회사인 진성 기획 자체가 사실 정보사령부에서 위장으로 만든 회사였다.

군에서는 오래전부터 사회 전반에 걸쳐 불온한 움직임은 없는지 감시를 하고 있었다.

비밀리에 정치인들이나 경제계 인물의 내사 역시 하고 있었다.

다만 이 모든 것이 군인의 신분으로 하는 것이 아니라, 진성처럼 위장된 신분을 가지고 조사를 하기 때문에 지금까지 들키지 않았다.

그런데 그런 비밀 임무를 하고 있는 진성에게 엉뚱한 명령이 내려왔다.

정보사령부 중령으로 있는 최세창으로부터 자신의 동기가 무엇 때문에 도움을 청하는지 알아 오라는 것이다.

그 때문에 김진성은 몰래 자신의 상관 모르게 정성환이란 사람에 대하여 알아보았다.

하지만 자신의 비취인가로는 연람이 되지 않았다.

1급까지 보안 등급 열람이 가능한 자신이 안 된다는 것은, 정성환이란 인물이 그 이상의 보안이 걸린 사람이라는 말과 같았다.

사실 대한민국에서 일개 장교로서 그 정도의 인물이 누가 있을까?

고민을 해 봤지만 진성은 떠오르지 않았다.

그래서 늦은 시간 전화를 해 만나기로 한 것이다.

직접 들어야 상관인 최세창 중령에게 보고를 할 것이기

때문이다.

성환은 진성이 용건을 물어 오자 자신이 의뢰할 것에 대하여 설명을 했다.

"제가 의뢰를 하려는 것은 다름이 아니라 조카의 실종에 대하여 알아봐 달라는 것입니다."

성환의 의뢰 내용을 듣고 진성은 의아한 표정이 되었다.

그런 것은 경찰에 실종 신고를 하면 끝나기 때문이다.

"그런 것이라면 경찰에 연락을 하시는 게……."

"경찰에 신고를 하고 벌써 20일이 지났는데, 경찰에선 아직도 수사를 하지도 않고 있다고 해서, 이렇게 군에 있는 동기를 통해 도움을 받을 수 있는 분을 찾은 겁니다."

진성의 물음에 성환은 자세한 설명을 했다.

오늘 조카가 다니던 기획사에서의 일도 말을 하였다.

"그런데 오늘 조카가 다니던 기획사에 알아보기 위해 그곳 책임자를 만나려 했는데…… 그들의 태도가 좀 이상하더군요."

"그곳이 어딥니까?"

진성은 성환의 이야기를 듣고 이번 문제가 가족 중 조카의 실종에 관해 조사하기 위한 것임을 알게 되었다.

그리고 최세창 중령에게 보고를 하기 위해서는 이번 사건을 좀 더 깊게 조사를 해야 했다.

그러기 위해선 보다 많은 정보가 필요했다.

"M&S엔터테인먼트라는 곳입니다."

성환이 질문에 대답을 하자 진성은 고개를 끄덕이며 대답을 하였다.

"알겠습니다, 바로 조사해 보겠습니다."

진성의 대답을 들은 성환은 고개를 끄덕였다.

참으로 시원스러운 답변이었다.

그동안 경찰서나 수진이 다녔던 연예 기획사에 들어가 듣던 답답한 변명들이 아니라 군인처럼 확실하게 간단명료하게 대답을 하는 그의 태도에 생각보다 믿음이 갔다.

더욱이 정보사에 있는 동기의 추천을 받은 사람이기에 더욱 그랬다.

"그럼 부탁드립니다. 제가 지금 휴가 기간에 조카를 찾아야 하기 때문에 시간이 별로 없습니다."

"알겠습니다, 신속하게 알아보겠습니다."

진성의 이야기를 들은 성환은 그에게 의뢰비에 대한 이야기를 꺼냈다.

"그런데 의뢰비는 얼마를 주어야 합니까?"

그런 성환의 물음에 진성은 잠시 고민을 했다.

솔직히 자신의 신분은 위장된 신분이지 않은가.

군인인 자신이 이렇게 따로 의뢰를 받을 줄 몰랐기에 대답을 하기가 난감했다.

그러다 기지를 발휘해 말을 하였다.

“음, 일단 조사에 들어가기 위해서 착수금으로 100만 원 정도면 되겠습니다. 나머지는 일이 끝나면 소모 경비랑 해서 영수증을 첨부해 청구하겠습니다.”

진성은 그나마 본 영화 덕분에 기지를 발휘할 수 있었다.

그런 진성을 보면서 성환은 고개를 끄덕이며 말을 하였다.

“알겠습니다, 그렇게 하지요. 의뢰금이 얼마인지 몰라 은행에서 돈을 챙겨 오지 않았는데, 계좌 번호가 어떻게 됩니까?”

성환의 말에 진성은 다시 한 번 진땀을 흘렸다.

이건 생각지 못했던 것이다.

자신은 그저 상관인 최세창 중령으로부터 연락을 받고 온 것이라 계좌까지는 미처 생각하지 못했다.

하지만 그것도 잠시 진성은 계좌 번호는 회사에 가서 문자로 보내겠다는 말을 하였다.

“그게 제가 회사 통장 번호를 모르니, 그건 회사에 가서 문자로 보내 드리겠습니다.”

“네, 그럼 그렇게 하십시오. 문자 받으면 바로 이체해 드리겠습니다.”

그렇게 진성과 헤어졌다.

성환이 먼저 자리를 떠나고 진성은 얼른 자신의 상관인 최세창 중령에게 연락을 하였다.

3.

연예계의 검은 그림자

성환이 M&S엔터테인먼트를 나가고 전무는 급하게 사장실로 뛰어갔다.

"형님! 큰일 났습니다."

전무는 사장실로 뛰어들며 소란을 피웠다.

하지만 M&S엔터의 사장인 최신규는 요즘 연습생 하나가 잘못된 것 때문에 고민이었다.

곧 데뷔가 잡힌 그룹의 멤버 한 명이 그만 사고가 나고 말았다.

밑에 놈들이 일을 잘못 처리하는 바람에 사단이 벌어졌다.

병신들이 다른 애를 보내야 하는데, 투자자 아들이 그

애를 원했다고 아직 미성년인 애를 데려갔다.
물론 데려간 것은 문제가 되지 않는다.
외부에 알려지면 연예인 성상납이니 뭐니 떠들겠지만, 연예계라는 곳이 다 그런 거 아닌가?
알면서 쉬쉬하는 것뿐이다.
더욱이 알려져도 다들 힘 좀 쓰는 자리에 있기에 전화 한 번이면 금방 흐지부지된다.
그런 것을 잘 알기에 이번에도 그냥 그 애만 잘 달래면 될 문제였다.
하지만 일은 자신이 생각한 대로 흐르지 않았다.
이 자식들이 사고를 쳐도 단단히 쳐 버렸다.
투자자의 아들이 그 아이에게 마약을 먹인 것이다.
그것도 상당히 많은 양을 먹이는 바람에 사고가 발생했다.
그 때문에 그 아이의 집에 돌려 보내지도 못하고, 정신 차릴 때까지 감금시켜 놓고 있었는데, 그 애 부모가 실종 신고를 해 버렸다.
물론 경찰에는 모른다고, 이미 퇴출된 상태라 둘러대긴 하였지만 그래도 걱정이 되었다.
그런 와중 전무라는 놈이 소리를 치고 들어왔다.
"이 자식아! 내가 사장님이라고 부르라 했지!"
사장인 최신규는 자신을 예전처럼 형님이 부르는 전무

를 향해 명패를 던져 버렸다.

족히 3~4kg은 나가는 명패를 맞으면 큰 부상을 입을 수도 있었다.

다행히 명패는 전무를 지나 사장실 문에 부딪혔다.

쾅!

"넌, 언제까지 예전 양아치 티내고 다닐 거야! 가득이나 신경 쓰이는 일 때문에 골치가 아픈데!"

최신규는 예전 양아치 짓을 하고 다닐 때, 함께했던 최진규를 보며 이야기를 하였다.

사실 둘의 관계는 이름이 비슷할 뿐 친척도, 무엇도 아니다.

다만 이름이 비슷하고, 고등학교 다실 때 같은 서클에 있던 것이 인연이 되어 지금까지 함께하는 것이다.

고등학교를 나와 공부 안 하고, 양아치 짓만 했기에 갈 데도 없고, 오라는 곳도 없이 빈둥빈둥하다 우연히 연예기획사에서 매니저를 구한다는 소리에 입사를 하였다.

그렇게 밑바닥부터 일을 하면서 둘은 형님, 동생 하면서 끝까지 함께 하였다.

그러다 연예계가 사람들이 생각하는 그런 곳이 아닌 아주 지저분한 뒷거래가 만연한 곳이란 것을 깨닫게 되었다.

최신규는 이곳이야말로 자신의 적성과 아주 잘 맞는 세계란 것을 알게 되었다.

순수한 실력만 있다고 성공하는 곳도 아니고, 실력이 없다고 성공을 못하는 곳도 아니었다.

실력이 없더라도 PD나 방송국 관계자, 권력자, 조폭 등에게 어떻게든 연을 대고 돈이건, 여자건 로비를 하면 안 되는 일이 없었다.

그런 생리는 최신규에게 욕심을 심어 줬다.

자신이 가장 잘하는 것이 바로 여자 장사.

고등학교에 다닐 때도 여학생들을 홀려 포주 노릇을 했었다.

용돈이 필요한 여자들은 최신규의 알선에 거리낌 없이 나이 많은 남자들과 데이트를 하였다.

웃긴 것은 당시 고등학생들 사이에 은밀하게 원조 교제가 유행처럼 번졌다는 것이다.

잘 나가는 학생일수록 원조 교제를 잘했다.

원조 교제, 스폰 등등 많은 용어들이 있지만, 일단 당시 학생들에게는 훈장과 같은 것처럼 느껴졌다.

그래서 최신규의 사업은 아주 잘 됐다.

하지만 달도 차면 기운다고 했던가?

그 일은 분명 범죄다.

자신이 한 일이 학교에 알려지면서 최신규는 학교의 강요로 자퇴를 하였다.

만약 자퇴를 하지 않으면 강제 퇴학을 시키겠다는 말에

어쩔 수 없이 자퇴를 하였다.

그 후 나중에 다른 학교에 편입을 하여 만난 것이 최진규다.

동급생으로 만나기는 했지만 1년 꿇은 최신규와 최진규는 이름도 비슷해, 형, 동생하게 되었다.

자신이 예전에 하던 일과 비슷한 일을 하는 곳이 연예계라 생각하게 된 최신규는 그때부터 회사 연습생을 꼬셔 방송 관계자들과 인맥을 형성하였다.

그러다 일이 커져 자신이 몰래 방송 관계자와 연을 맺게 해 준 연습생이 방송 데뷔를 시켜 주지 않자 신고를 하는 바람에 감방까지 다녀왔다.

그렇게 처음 들어갔던 연예 기획사에서 퇴출되었다.

하지만 이미 다져 놓은 인맥이 있기에 금방 연예계 복귀를 하였다.

아니, 이번엔 그냥 매니저가 아닌 자신이 직접 사장으로 회사를 차렸다.

대한민국엔 연예인을 꿈꾸는 이들이 무척이나 많다는 것을 너무도 잘 알기 때문에 최신규는 과감하게 그동안 뒤로 꿍쳐 두었던 돈을 가지고 강남에 작은 연예 기획사를 차렸다.

역시나였다.

기획사를 차리고 얼마 지나지 않아 골빈 것들이 찾아오

기 시작하였다.

그중에는 돈 많은 부모를 가진 이들도 있었고, 얼굴은 되는데, 배경이 없는 이들도 있었다.

그런 애들은 예전에 그랬듯 자신이 잘 아는 PD나 방송 관계자를 불러 대가를 주고 방송에 몇 번 출연을 시켰다.

그럼 TV에 몇 번 나온 애들은 자신들이 금방 스타라도 된 듯 굴었고, 그런 것들을 적당히 벗겨 먹으며 이곳저곳에 돌렸다.

그렇게 커 온 M&S.

M&S엔터의 지분은 현재 사장인 자신이 30%, 눈앞에 있는 전무가 10%, 그리고 투자자들이 60%를 가지고 있다.

투자자 중에는 여러 가지 직업들이 있지만, 그중 가장 많은 20%의 지분을 가진 이가 이곳 청담동 일대를 주름잡는 만수파의 보스 최만수였다.

그 최만수 보스의 아들이 이번에 사고를 단단히 쳐 버렸다.

자신의 친구들과 파티를 한다며 아이들을 몇 보내라 한 것이다.

M&S엔터에는 최신규를 감시하기 위해 만수파 조직원 몇이 직원으로 들어와 있었다.

배운 것이 없다보니 예전 최신규가 처음 했던 것처럼

매니저 일을 하고 있었다.

그런 놈 중 한 놈이 이번 회사에서 야심차게 준비하던 걸 그룹 멤버를 데려가 버렸다.

돌아올 시간이 되었는데도 오지 않는 애들 때문에 걱정이 되 찾아갔던 파티장.

그곳에서 최신규는 어린놈들이 벌인 일이라고는 믿지 못할 광태를 보고 말았다.

이제 겨우 20대 초반인 놈들이 마약에 절어 광난의 섹스 파티를 벌인 것이다.

그곳에 이제 겨우 17살인 회사가 준비하던 걸 그룹 멤버 하나가 입에 거품을 물고 정신을 차리지 못하고 있었다.

급하게 다가가 숨을 쉬는지 살펴본 최신규는 다행이 정신을 잃고 있는 것이라 그나마 다행이라 생각했다.

며칠 데리고 있다, 정신을 차리면 어떻게든 달래서 집으로 보낼 생각이었다.

그런데 일이 커졌다.

그 아이가 정신을 차리지 못하고 계속해서 혼수상태로 있었다.

이런 경우 어떻게 처리해야 할지 몰라 당황한 최신규는 관계자들에게 접대를 하기 위해 준비해 둔 아파트에 아이를 숨겼다.

여자를 이용할 줄만 알지 어떻게 수습할 줄을 몰라 전전긍긍하는 최신규.

더군다나 사고를 친 이들에게 따질 수도 없었다.

그들이 가지고 있는 힘이 너무도 막강했기 때문이다.

처음 애들을 부른 것은 만수파 보스 아들이지만, 그 파티에 있던 그 친구들의 배경이 너무 대단했다.

오히려 만수파 보스 아들이란 타이틀이 초라해 보일 정도였다.

만수파 보스 아들의 친구 중 한 명은 만수파가 있는 청담동은 물론이고, 강남 전체와 강동까지 세력권으로 하는 대조직의 간부 아들이었다.

또 다른 친구는 국내 도급 순위 10위 안에 드는 건설사 사장 아들에, 뿐만 아니라 남은 두 명의 신분도 그들보다 더 배경이 탄탄했다.

바로 육 선 의원 손자이며, 아버지까지 국회의원인 놈과, 국내 재벌 순위 50위의 뉴월드 그룹의 손자였다.

아마도 만수파 보스 아들은 자신의 생일을 맞아, 이들에게 능력을 과시하기 위해 아니면 접대를 하기 위해 아이들을 부른 듯하였다.

하지만 그 일로 자신의 손해는 이만저만이 아니었다.

준비했던 걸 그룹의 멤버 한 명이 데뷔가 불투명해졌다.

아니, 그 아이는 이젠 M&S엔터와 상관없는 사람이 되었다.

그 아이 엄마가 실종 신고를 하는 바람에 경찰에 불려가 변명을 하다가 일이 꼬였다.

그렇다고 이 아이를 어디 갔다 버릴 수도 없었다.

그랬다가는 바로 이 아이의 신분이 언론에 공개될 것이고, 그에 대한 조사가 들어갈 것이 분명했기 때문이다.

그런 것이 무섭기도 하고, 혼수상태라고 하지만 산 사람을 생으로 바다에 버릴 정도로 모질지 못하는 최신규는 자꾸만 가슴이 쪼그라드는 느낌이다.

어려서도 최신규는 양아치밖에 되지 못했다.

만약 자신의 이득을 위해 사람을 스스럼없이 죽일 수 있었다면, 최신규는 이런 연예 기획사를 하는 사람이 아닌 조직폭력배가 되어 있었을 것이다.

그런데 전무라는 놈은 예전 버릇 못 버리고 자신에게 형님이란 말을 하여 간담이 철렁하게 만든다.

"오늘은 뭔 일인데, 그렇게 호들갑이야?"

조금 진정이 되자 방금까지 하던 고민은 털어 버리고 최진규에게 물었다.

그러자 최진규는 얼른 최신규에게 다가가 조금 전 자신이 만난 성환에 대하여 이야기했다.

"방금 전 내가 여기 오기 전 누굴 만났는지 알아?"

밑도 끝도 없이 묻는 최진규의 말에 최신규는 다시 열이 받기 시작했다.

"야, 이 새끼야! 지금 나하고 장난해? 그걸 내가 어떻게 알아! 말 똑바로 못해? 누굴 만났기에 그리 호들갑 떠는 거야!"

최신규의 호통에 최진규는 얼른 바른 자세로 대답을 했다.

비록 양아치이긴 했지만 최신규의 싸움 실력은 웬만한 조폭 못지않았다.

다만 그 하는 짓이 대범하지 못하고 양아치 같아 그렇지.

최진규는 이젠 나이가 들어 힘이 빠질 만도 한 최신규에게 아직도 겁을 먹고 있었다.

"그, 그게…… 실종된 수진이 외삼촌이란 사람이 왔다 갔는데, 그게……."

말을 하면서도 뭔가 불안한 표정으로 주변을 두리번거리는 것이 여간 겁을 먹은 것이 아니었다.

그런 진규를 달래며 계속 물었다.

"그래, 수진이 외삼촌이 뭐. 뭐라고 했는데?"

"그게, 만약 수진이 실종과 우리가 연관이 있다면 가만두지 않겠다고 했어."

"뭐, 그런 거야 걱정할 거 없잖아. 수진이 다 조사를 했는데, 우리가 신경 쓸 만한 건 없었잖아."

최신규의 말에 진규는 얼른 조금 전 만난 성환에 대하여 설명을 하였다.

"그렇게 알고 있는데, 오늘 본 그 외삼촌이란 사람의 분위기가 심상치 않아!"

"심상치 않다니?"

"그게 그러니까……!"

진규는 자신이 본 성환에 대하여 자세히 설명을 하였다.

아주 고급은 아니지만 양복을 입고, 다부진 체격에 짧은 머리, 구리빛 피부 등 전체적으로 몸을 쓰는 직업을 가지고 있어 보인다는 말을 하였다.

부연 설명으로…….

"그게 내가 보기에 아무래도 조폭이나 아니면 경찰의 고위직 같아!"

최신규는 진규의 이야기를 모두 듣고, 생각하길 경찰은 아닌 것 같았다.

만약 경찰이라면 파출소에 실종 신고를 할 필요가 없기 때문이다.

더욱이 경찰 간부가 양복을 입고 이곳을 찾아올 이유가 없다.

오히려 경찰 제복을 입고 찾아왔다면 그가 경찰이라고

생각할 것인데, 그러지 않고 양복을 입고 찾아 왔다고 하니, 어쩌면 처음 말한 것처럼 조폭일 가능성이 높았다.

아니, 맞을 것이란 생각했다.

조폭들이 양복을 좋아한다는 것은 그도 잘 알고 있기 때문이다.

최신규는 내려놓았던 수진의 일이 다시금 떠올라 골치가 아팠다.

"아, 제길! 그 개새끼들은 누굴 건들인 거야!"

최신규는 자신도 모르게 광란의 파티를 벌이며 여자아이들에게 마약을 먹인 그 인간들을 씹어 댔다.

그러다 안 되겠는지 어디론가 전화를 걸었다.

"여보세요, 김 부장님 계십니까? M&S엔터의 최신규 사장입니다."

최신규는 만수파에 전화를 건 것이다.

수진의 외삼촌이 조폭이라 단정하고, 회사의 뒷배를 봐주는 만수파에 연락을 하였다.

이번 사건을 일으킨 것이 만수파 두목 아들이니 도움을 청하기 위해서다.

"예, 잠시 뒤 뵈었으면 합니다. 예, 예. 그 일 때문에 복잡하게 되었습니다."

한참을 통화를 한 최신규는 전화기를 내려놓았다.

"넌 아파트에 가서 수진이 어떤지 확인해."

최신규가 진규에게 수진에 대하여 말을 하자 눈을 크게 떴다.

"어? 수진이 어디 있는지 형님은 알고 있었어?"

자신도 모르게 다시 최신규에게 형님이라 했다.

하지만 이번에 최신규도 실수한 진규를 뭐라 하지 않고 고개를 끄덕이며 알려 주었다.

"하…… 젠장! 지금 수진이 상태 말이 아니다. 그 새끼들 지 두목 아들이 파티 한다고 애들 데려가 돌린 모양인데, 그때 마약을 얼마나 먹였는지…… 애가 지금 정신 못 차리고 있다."

진규는 신규의 이야기를 듣고 놀랐다.

수진이 실종된 지 벌써 한 달이 거의 다 되어 가고 있다.

그런데 약을 얼마나 했으면 아직도 정신을 차리지 못한단 말인가?

아니, 아직까지 살아 있다는 것이 믿기지 않았다.

진규도 양아치 짓을 하며, 또 최신규를 따라 연예 기획사에 입사를 해 매니저 일을 하며, 마약을 하는 스타들을 보았었다.

아무리 심하게 해도 보통 3, 4일이면 깨어났었다.

그런데 벌써 한 달 가까이 정신을 못 차린다는 것은 이미 가망이 없을 수도 있었다.

"알았어, 내가 가 볼게."

대답을 하는 진규를 보며 최신규는 밖으로 나갈 준비를 하다 당부를 하였다.

"당분간 너만 알고 있어라! 외부에 알려져 봐야 좋을 것 없다."

"알았다니까! 그런데 어디 가는데?"

"수진이 외삼촌이 심상치 않다며. 그래서 이번 사건 일으킨 만수파에 도움 좀 요청하러 간다. 쌌으면 치워야 할 거 아냐!"

최신규는 그렇게 밖으로 나갔다.

그런 신규의 모습을 지켜보던 진규도 다시 뛰어나갔다.

◈ ◈ ◈

신규의 당부대로 혼자 운전을 하여 접대를 위해 준비한 아파트로 갔다.

최진규도 몇 번 이곳을 이용한 경험이 있었다.

방송관계자를 접대할 때, 자신도 함께 이곳에서 같이 파티를 즐겼다.

한 올의 옷도 걸치지 않은 태초의 모습으로 오페라 가면을 쓰고 마음에 드는 여자를 골라 방으로 들어가 데이트를 하면 되는 그런 파티였다.

올 누드로 즐기는 것은 이곳에서만의 규칙이었는데, 그만큼 연대감을 느끼게 하기 위해서다.

그리고 오페라 가면을 쓰는 것은 접대를 하는 연예인이나, 데뷔를 앞 둔 연습생들이 자신이 접대하는 사람의 신분을 모르게 하기 위해서다.

이런 철저한 준비를 하고 만나는 비밀 장소이다 보니, 접대를 받는 회원들 간에도 서로의 신분은 비밀이었다.

최진규가 안으로 들어가니 입구에 있는 화장실 쪽에서 지독한 썩은 냄새가 풍겨 오고 있었다.

냄새가 나는 곳을 돌아본 최진규는 손으로 코를 잡았다.

그가 본 화장실은 정말이지 너무도 처참했다.

바닥은 온통 오물이 뒤덮여 있었다.

제정신이 아닌 수진이 싼 것으로 보이는 인분과, 억지로 먹을 것을 먹였는지 그녀가 토해 놓은 토사물이 범벅이었다.

"으…… 제길!"

욕밖에 나오지 않는 광경.

도저히 사람이 있을 만한 곳이 아니었다.

그런데 그가 확인한 수진의 모습은 더욱 가관이었다.

오물이 가득한 화장실 욕조에 온몸이 묶여 있었다.

물론 수진이 걸치고 있는 것은 아무것도 없었다.

아마도 사장의 말대로 수진이 약에 취해 정신을 놓고 있던 곳에서 바로 데려와 숨기기 위해 아무것도 걸치고 있지 않은 듯하였다.

그녀의 몸에 난 상처로 보아선, 아마도 금단 증상 때문에 자신의 몸에 상처를 내는 것을 막기 위해 묶어 둔 것으로 보였다.

이런 모습을 본 진규는 갑자기 수진이 불쌍하다는 생각이 들었다.

비록 자신을 착한 사람이라 생각하지 않고, 연습생을 그저 자신들의 돈벌이로 생각하긴 하지만 이렇게까지 한 적이 없었다.

정말이지…… 이건 사고라 생각했다.

그러면서 조금 두려워지기 시작했다.

분명 오늘 아침에 본 수진의 외삼촌이 수진의 일에 조금만 관계가 있어도 죽이겠다는 식으로 협박을 했었다.

더군다나 성환의 모습에 겁을 먹고 있는 진규는 수진이 잘못되면 정말로 죽을지 모른다는 생각에 얼른 욕조에 가서 물을 틀었다.

오물을 뒤집어쓰고 있는 수진을 씻기고, 상처가 덧나지 않게 약을 바르기 위해서다.

◈ ◈ ◈

최진규에게 수진을 맡기고 최신규는 만수파 부장인 김용성을 만나기 위해 그의 사업장으로 찾아갔다.

호텔 샹그릴라 지하에 있는 외국인 전용 카지노장 그곳이 바로 만수파에서 바지사장을 내세우고 운영하는 곳이었다.

그러면서도 부장인 김용성을 지배인으로 두고 감시를 하는 만수파였다.

보통 이런 일엔 앞에 나서지 않는 것이 보통 건달들의 룰.

하지만 만수파는 전혀 그런 것이 없었다.

그들이 무사할 수 있던 것은 만수파 두목인 최만수가 그만큼 수완이 있는 사람이기에 감히 주변의 대조직도 일개 동 두 개를 잡고 있는 만수파를 두고 볼 수밖에 없었다.

강남의 최고 노른자만 잡고 있는 만수파는 이름과 다르게 가장 머리가 좋다고 할 수 있는 엘리트 건달 조직이었다.

덩치는 작지만 가장 실속 있는 조직.

그렇기에 그들의 사업 영역은 무척이나 다양했다.

대표적인 카지노 사업은 물론이고, 주류 도매, 경호 용역, 나이트클럽, 거기에 연예 사업 지분 확보 등 연관될 수 있는 많은 분야에 걸쳐 사업을 넓히고 있었다.

그리고 이곳 샹그릴라 카지노의 지배인인 김용성은 연예 사업과 카지노 분야를 책임지고 있는 브레인이었다.

◈ ◈ ◈

샹그릴라 카지노 복도를 지나 한쪽에 마련된 문 앞에 섰다.

그 문에는 '관계자 외 출입금지' 푯말이 붙어 있었다.

한숨을 쉬고 문을 열고 들어갔다.

문 뒤로 긴 복도가 있어 쭉 걸어갔다.

그리고 어느 방문 앞에 서 다시 한 번 심호흡을 하고 안으로 들어갔다.

안으로 들어가니 검은 양복을 입은 날카로운 인상의 남자들이 질서정연하게 도열해 있었다.

그리고 몇 명의 비슷한 복장의 남자들이 가운데 쇼파에 앉아 있었다.

보기만 해도 절로 위압감이 느껴지는 풍경.

최신규는 매번 보지만 간담이 서슬한 분위기였다.

비록 담이 약해 그렇지, 싸움 실력은 어디 가서 꿀리지 않을 자신이 있지만, 이런 풍경을 보면 역시나 기가 죽고 위축이 되었다.

그래서 웬만하면 이곳을 찾지 않는데, 오늘은 어쩔 수가 없었다.

수진의 외삼촌이란 사람의 분위기가 장난이 아니란 소리에 일단 자신과 연결이 된 만수파 최고 윗선과 의논을 해야만 했다.

"김용성 부장님 계십니까?"

최신규의 물음에 쇼파에 있던 남자 중 한 명이 일어나 대답을 하였다.

"성님은 안에 계셔. 근데 최 사장, 요즘 좀 뜸하네?"

남자의 이름은 김성일.

커다란 덩치에 맞지 않게 아주 좀생이였다.

자신에게 조금만 서운하게 해도 나중에 보복을 하는 아주 소인배였다.

그랬기에 자신만 보면 어떻게든 접대를 받으려는 그를 피해서라도 이곳을 자주 찾지 않은 것이다.

그런데 오늘 이곳에서 자신을 봤으니 조만간 연습생 중 반반한 애 하나 불러서 회포를 풀게 해 줘야 뒤탈이 없을 거란 것을 너무도 잘 알았다.

'개새끼들, 위나 아래나 요즘 발정긴가. 이놈들은 나만 보면 껄떡거리네!'

오늘 이곳을 찾은 것도 지들 두목 아들이 친 사고 대책을 세우기 위해 온 것인데, 그것도 모르고 저렇게 껄떡대고 있으니 최신규는 속에서 열불이 났다.

하지만 자신이 약자인지라 어쩔 수 없이 웃는 낯으로 대답을 할 수밖에 없었다.

"하하, 요즘 일이 좀 많아서 그렇습니다. 조만간 자리 한 번 마련하겠습니다."

신규의 말이 마음에 들었는지 김성일은 웃으며 대답을 하고 그를 안내했다.

"그래, 그래. 내, 기다리지!"

최신규는 자신보다 대여섯 살은 어린놈이 반말을 하는 것도 참으며 그의 뒤를 따라갔다.

똑똑!

"형님, 성일입니다."

"들어와."

김성일의 물음에 문 너머에서 굵직한 남자의 음성이 들려왔다.

◈ ◈ ◈

김성일을 따라 사무실로 들어간 최신규의 눈에 가장 먼저 보인 것은 작은 탁자를 사이에 두고 뭔가 의논을 하고 있는 남자 두 명이었다.

한 사람은 자신이 알고 있는 김 부장, 다른 한 명은 부장인 용성과 함께 자리하기엔 모자라 보이는 어린 남자였다.

그런데 어째 분위기가 그 어린 남자가 더 상급자인 것처럼 보였다.

만수파에 자신이 모르는 간부가 있던가?

생각을 해 봤지만 아무리 생각해도 눈앞의 젊은 남자의 얼굴은 생각이 나지 않았다.

한 번도 본 적이 없는 사람이었다.

그때 김용성이 최신규를 보며 말을 반겼다

"어서 오시오, 최 사장. 그래, 무슨 일로 날 보자고 한 것이오?"

최신규는 용성의 말을 들으며 앞으로 가 쇼파에 앉았다.

그리고 자신이 이곳에 온 용건을 말하였다.

"내가 김 부장님을 보자고 한 것은 이번에 일어난 일 때문에 그렇습니다. 보스 아드님께서 벌인 일의 뒷수습 때문에요."

최신규의 말에 김용성은 물론이고 맞은편에 있던 젊은 남자도 고개를 돌려 최신규를 보았다.

"무슨 뒷수습 말이지?"

김용성 부장이 아닌, 젊은 남자가 행동에 아무런 대답을 하지 않고 용성을 보았다.

그건 이 젊은 남자의 정체를 모르기에 그 일이 밖으로 세나가지 않게 말을 아낀 것이다.

그런 최신규의 모습에 김용성은 간단하게 젊은 남자의 정체를 알려 주었다.

“첫째 도련님이네.”

만수파의 보스인 최만수에게는 2남 3녀의 자식이 있었다.

본 부인에게서 1남 3녀를 낳고 후처에게 1남을 봐 총 5명의 자식이 있었다.

그중 사고를 일으킨 아들은 바로 후처의 아들이었다.

어느 날 갑자기 나타나 강남의 노른자인 압구정과 청담동을 집어삼켰다.

처음 그가 나타났을 때만 해도 서울의 그 누구도 그가 당시 강남과 강동을 통일한 진원파의 공격에 버티지 못하고 무너질 것이라 생각했다.

하지만 어떻게 된 일인지 진원파는 만수파를 공격하지 않았다.

알짜 노른자 땅을 고스란히 만수파에 양보를 한 것을 두고 말들이 많기는 했지만 진원파는 그 뒤로 대립을 하지 않았다.

그런 입지적인 인물이니 본처를 두고 후처를 두는 것이 뭐 대단한 일이냐 하겠지만, 내용을 아는 사람들은 이를 불안하게 쳐다보고 있었다.

본처는 최만수가 강남에 나타나기 전부터 옆에 있던 여장부.

최만수의 부인은 최만수가 압구정과 청담동을 평정할 때 많은 내조를 하였다.

하지만 그녀의 지위는 확고하지만 최만수 다음은 장담할 수가 없었다.

비록 후계자라 할 수 있는 아들도 있지만 최만수와 그녀의 결합은 사랑으로 이루어진 것이 아닌, 그의 야망의 결과였기 때문에 그들에겐 애정이란 것이 없었다.

그렇지만 어느 날 최만수는 후처와 새로운 아들을 데리고 집으로 들어왔다.

그들은 자신의 구역에 있던 술집에서 술을 마시다 술에 취해 술집 마담과 잠자리를 하게 되었다.

물론 합의하에 이루어진 것이 아닌 술에 취해 강제로 벌어진 강간.

단 한 번의 강제적 성관계가 수시로 이루어지면서 그 마담은 최만수의 후처 아닌 후처가 되었다.

그리고 당연한 결과로 그 여자는 임신을 하게 되고, 그 때의 아이가 바로 사고뭉치 최종혁이다.

친구들과 마약을 흡입하고 난교 파티를 벌인 그 최종혁이 후처에게 난 아들이라면, 눈앞에 있는 남자가 바로 본

처가 낳은 아들이다.

눈앞의 젊은 남자의 정체를 알게 된 최신규는 눈을 반짝였다.

비록 자신이 그때 수진을 데려오며 자세히 본 것은 아니지만 확실히 최종혁 많이 닮았다.

하지만 최종혁의 인상이 눈 코 입이 오밀조밀하니, 가는 선을 가지고 있는 꽃미남이라면, 눈앞의 남자는 선이 굵은 마초적인 스타일의 얼굴을 하고 있었다.

또 허여멀건 한 최종혁과 다르게 남자의 피부는 태양에 잘 그을린 구리빛의 강인한 인상을 선사했다.

"아, 네. M&S엔터의 최신규라고 합니다."

최신규는 얼른 그에게 자신의 명함을 내밀었다.

그런 최신규를 보던 남자도 자신의 명함을 꺼내 최신규에게 건넸다.

"샹그릴라의 전무인 최진혁이라고 합니다."

서로 명함을 교부한 두 사람은 잠시 서로를 주시하다 본론으로 들어가기 시작하였다.

"조금 전 사건이라 했는데, 무슨 일입니까?"

최신규는 자신이 이곳을 찾아온 용건을 말하기 시작하였다.

어차피 진혁도 만수파 간부.

거기다 자신의 동생 문제이니 숨길 필요가 없었다.

"20여 일 전, 동생 분이 사고를 쳤습니다."

"……?"

"아직 알려지지 않은 모양이군요. 어디서부터 말씀드려야 할지……."

최신규는 사건의 내용을 상세히 알려 주었다.

자신의 회사에서 심열을 기울여 데뷔시키려는 그룹이 있었다.

그런데 보스의 아들 즉, 최종혁이 자신의 생일 파티를 하기 위해 회사에 있는 만수파 조직원을 통해 그들을 데려갔다는 이야기를 했다.

"그런데 그 애들 문제가 있었습니다. 다른 아이들은 잘 다독여 두어 해결을 보았는데, 한 명에게 문제가 발생했습니다."

"무슨 문제, 말을 듣지 않나?"

진혁은 대수롭지 않다는 듯 얘기했다.

그런 물음에 최신규는 한숨을 쉬었다.

"파티를 하는 것은 상관이 없는데, 그 파티가…… 마약 파티라는 것이 문제였습니다."

"뭐, 마약 파티? 이런 개……!"

진혁은 동생이 벌인 망종 같은 일에 화가 머리끝까지 났다.

아버지의 관심을 받다 보니 대체로 막무가내인 성격인

동생.

자신과 생각하는 것, 생활하는 것, 모두 달라 물과 기름 같은 성격이긴 하지만 그런대로 참아 줄 수 있었다.

하지만 마약만은 용납이 되지 않는 부분이다.

비록 조직에서 마약을 다룬다고 하지만 그건 자신들은 판매하는 것이지, 소비하는 곳이 아니다.

조직의 방침상 마약에 손을 댄 조직원은 모두 은퇴를 시켜 버렸다.

자칫 잘못했다가는 조직이 붕괴될 수도 있는 문제였다.

마약을 하는 이들의 의지는 어린 계집보다 못하다.

약을 위해선 처자식은 물론이고 제 생명까지 담보로 약을 원하는 족속들.

그러니 언제 어느 때 사고가 발생할지 모르는 일이라 조직에서는 철저하게 처리하였다.

그런데 자신의 동생이 마약에 절어 파티를 했다는 소리에 화가 났다.

"그래서……."

일단 일의 수습이 먼저란 생각에 그 문제의 연습생에 대하여 물었다.

"그 애는 너무 많은 마약 투여로 정신을 못 차리고 있습니다. 그런데……."

"정신을 못 차린다면 해결된 것 아닌가, 뭐가 문제요?"

이야기를 듣고 있던 김용성이 끼어들어 물었다.

첫째인 진혁과 둘째 종혁 간에 다툼이 벌어지면, 자칫 조직이 흔들릴 수도 있는 문제.

젊은 조직원들에게 지지를 얻고 있는 첫째 진혁과, 둘째 최종혁은 조직 보스인 최만수의 사랑과 관심을 받고 있는 존재다.

그 말은 결국 만수파의 후계는 둘째 최종혁 쪽에 가깝다는 말이었다.

깨물어 안 아픈 손가락이 어디 있겠냐만, 더 사랑하는 자식이 있을 수 있고, 그게 둘째라는 것이 문제다.

강간에 의해 태어나긴 했으나, 그래도 최만수가 사랑해 강제로 차지한 여자에게서 난 자식.

여장부 스타일인 본처보단, 비록 마담 출신이지만 나긋나긋하고 섬세한 이목구비를 가진 후처를 더 사랑하는 최만수다.

그러니 만약 이번 문제로 두 형제 간에 싸움이 벌어지면 최악으로 아들과 아버지의 싸움이 될 수도 있는 일이었다.

그래서 김용성은 어떻게든 일을 쉽게 끝내려고 했다.

"그 집안에서 찾지 않는다면 문제가 없는데, 알고 보니 그 아이 집안도 좀 심상치 않은 것으로 파악되어 그렇습니다."

"그게 무슨 말이요? 자세히 들어봅시다."

최신규는 오늘 진규에게 들은 이야기를 그대로 전해 주었다.

"그 아이의 외삼촌이란 남자가 오늘 찾아왔습니다. 말이 안 통했는지, 협박을 하고 갔는데 그 분위기가 심상치 않았다는 것입니다."

"심상치 않다?"

"예, 전무가 보기에 사람을 위축시키는 것이, 아무래도 조폭 같다는 말을 했습니다."

조폭 앞에서 조폭이란 말을 스스럼없이 하는 최신규.

하지만 김용성이나 최진혁은 그런 그의 말에 신경 쓰지 않았다.

이미 자신들은 조직 폭력배가 아닌 사업가라 생각하고 있기 때문이었다.

"어느 파라 그러던가?"

용성이 진지한 얼굴로 물었다.

하지만 전적으로 자신들의 판단하기에 성환의 분위기가 조폭과 비슷해 보인다고 판단했기에 그리 말하는 것이다.

거칠고 주변을 억누르는 카리스마.

그건 결코 혼자 움직이는 독고다이의 모습이 아니라, 많은 부하를 거느리고 지시를 내리는 사람만이 가지고 있는 분위기였다.

아무리 소심한 최진규지만 그런 것을 파악하지 못할 정도로 무능하지 않았다.

자리가 사람을 만든다고, 조금 모자란 최진규지만 그와 오랜 세월 함께 하며 보고 듣고 한 경험은 무시하지 못했다.

그래서 전무란 자리에 맞는 능력 정도는 가지고 있었다.

"그건 모르겠습니다. 하지만 하도 느낌이 좋지 않아 이렇게 대책을 마련하기 위해 보자고 했습니다. 그 아이 가족 사항에 별거 없었는데……."

최신규는 말을 하면서도 끝에는 수진의 가족 사항에 대하여 작게 언급을 했다.

그런 최신규의 말을 집어낸 김용성은 자세히 말해 보라는 말을 하였다.

"그 가족 사항이?"

"그게 홀어머니 한 명과 외삼촌이 다입니다. 다른 친척이나 관계자는 없는 것으로 파악되었습니다. 외삼촌도 이번에 그가 찾아와 알게 된 것입니다."

최신규의 이야기를 모두 들은 김용성은 일단 그 외삼촌이란 자의 신분이나 그런 것을 파악하고 자신들이 감당할 수 있음 처리하기로 하였다.

"알겠소, 그건 우리가 처리할 테니 당신은 다른 문제없게 잘하시오.”

용성의 말을 듣고 최신규는 적이 안심이 되었다.

조폭이라 생각되서 걱정을 했는데, 만수파에서 처리를 해 주겠다고 했으니 안심이 되었다.

◈ ◈ ◈

진성을 만나 일을 의뢰하긴 했지만, 그냥 기다리고만 있긴 너무 답답했다.

하지만 지금 자신이 할 수 있는 것이 아무것도 없다는 생각에 자꾸만 엉뚱한 상상이 머릿속을 가득 채웠다.

‘넌 조국을 위한단 핑계로 너를 위해 희생한 누나를 외면했다. 불쌍한 누나, 조카가 어떤 고통을 받고 있는지도 모르고…… 그저 자신의 무술 실력만 믿고, 넌 그렇게 자신을 자위하고 있었냐.’

끝없이 자신의 머릿속에서 속삭이는 소리에 성환은 어지럽고, 속이 울렁거리기 시작했다.

급기야 무언가 올라와 가슴을 틀어막는 듯한 느낌에 참으며 가부좌를 하고 앉았다.

예전 백두산 지하 동굴에서 배운 심공을 운용하기 시작했다.

하지만 심공이라는 것이 마음을 쌓는 무공, 지금 마음

이 흔들린 상태에서 심공을 하려니 몸속에서 불안정하게 날뛰던 내공이 더욱 발광했다.

솔직히 성환이 이른 나이에 특수부대 무술 교관으로 활동할 수 있는 배경에는 이런 기연이 있었기 때문이다.

작전을 나갔다, 팀원들을 모두 잃고 쫓기는 도중 백두산에서 조난을 당했다.

당시 성환이 작전을 나간 시기에 휴화산인 백두산이 한참 활동을 하려던 시기였다.

북괴군에게 쫓기다 발견한 폭포수 뒤 동굴로 들어간 성환, 하지만 하필 그때 백두산에 화산지진이 일어났다.

대폭발이 있던 것은 아니지만, 동굴 바닥이 갈라지며 밑으로 떨어졌다.

하지만 천우신조로 성환이 떨어진 바닥은 다른 동굴과 연결이 되었다.

그곳에서 성환은 기연을 얻었다.

고대 선인 중 한 명이 민족을 걱정하여 그곳에 많은 무공 서적을 남겼다.

그리고 또 자신의 능력 일부를 남겨 성환이 그곳의 무공을 익히는 것을 도왔다.

성환이 동굴에서 가장 중점적으로 익힌 무공은 뇌정심공.

뇌정심공은 말 그대로 하늘의 번개를 닮고자 하는 심공

이었다.

세상의 그 어떤 것보다 빠르고, 강하며, 파괴하지 못할 것이 없는 그런 것이 바로 뇌정.

선인이 남겨 준 능력을 이어받고 그 뜻을 계승한 성환은 중국을 통해 한국으로 무사히 돌아올 수 있었다.

그리고 그때 배운 뇌정심공을 토대로 지금의 위치에 오를 수 있었다.

그런데 조카의 실종과, 자신의 뒷바라지했던 누나의 고통을 지켜본 성환은 그동안 자신이 한 일이 모두 부질없었다는 생각과 함께 심마에 빠졌다.

만약 심마를 그대로 방치했다가는 말로만 듣던 주화입마의 단계로 넘어가 잘못하면 죽을 수도 있는 일이었다.

가슴속 깊은 곳에서 올라온 뜨거운 기운을 억지로 내리눌렀다.

만약 그것을 입 밖으로 토해 낸다면 돌이킬 수 없는 일이 벌어진다 생각한 성환은 억지로 참았다.

그리고 결가부좌를 하고 동굴에서 익힌 그대로 뇌정심공을 운용하였다.

점점 꼬여 가던 화두(話頭)는 뇌정심공을 운기하자마자 조금씩 풀어지기 시작했다.

4.
습격

하루 만에 진성에게서 연락이 와 그의 사무실이 있는 강남으로 나갔다.

점심시간을 맞춰 나오다 보니 조금 이른 시간에 나오게 되었다.

약속 장소인 카페에 앉아 있으니 옛 생각이 났다.

10년 전, 그러니까 성환이 북한으로 작전을 나갔다 팀원들을 모두 잃고 백두산에서 기연을 만난 뒤 복귀를 한 그때 성환은 한동안 팀원들을 모두 잃고 자신만 살아왔다는 사실에 방황을 했다.

이때 성환의 방황을 잡아 준 여인이 문득 떠올랐다.

“처음 뵙겠습니다, 정성환 대위님이시죠?”

25살의 젊은 청년인 정성환은 우수한 성적으로 육사를 졸업을 하고 특전사에 임관을 하여 승승장구를 하였다.

각종 모의 작전에 탁월한 성적을 내며, 임관 후에도 다른 동기들보다 빠르게 진급을 하였다.

그래서 한때 자신이 대한민국 내 최고의 정예라 생각을 했다.

자신이 최고이기에 자신이 지휘하는 팀은 무조건 작전에 성공할 것이란 자만도 했었다.

하지만 그게 자만이란 것을 알게 되기까지 너무도 많은 것을 잃었다.

임관 후 한 번도 실패를 하지 못했기에 성환의 자부심은 그 무엇과 비교할 수 없을 만큼 높았다.

그렇지만 단 한 번의 작전 실패가 가져온 후유증은 성환이 감당하기 무척이나 힘들었다.

작전이 실패할 동안 무언가를 해 보고 실패했다면 작전에 대하여 반성하며 고칠 것인데, 이건 뭐 해 본 것도 없이 그냥 쫓기다 부하들은 뿔뿔이 흩어지고, 겨우 자신만 천우신조로 살아났다.

간신히 고국에 돌아와 들은 것은 실패한 작전이 아닌 동맹국 특수부대의 성공적인 작전에 대한 내용이었다.

덩달아 작전의 진실을 알았을 때의 절망감은 이루 말할

것도 없었다.

겨우 미끼가 되기 위해 그렇게 노력을 했던 것인가, 하는 의문과 후회만 들었다.

이러려고 군대에 투신을 한 것이 아니다.

이러기 위해 어렵게 고생하며 자신의 뒷바라지하던 누나를 남겨 두고 군대에 입대한 것이 아니다.

그런데 결과는 어떤가?

순수해야 할 군대에도 정치의 물이 들어 미국에 잘 보이기 위해 자신의 부하를 미끼로 던져 준 군 장성들에게 분노마저 느꼈다.

하지만 일개 대위가 무엇을 하겠는가.

웃긴 것은 지금 자신이 대위란 계급으로 진급을 할 수 있는 것도 모두 그 작전 때문이다.

팀장이 되기 위해서 대위란 계급을 받은 것이었다.

그동안 자신의 고가 점수가 동기들에 비해 높긴 했지만 아직 진급할 단계는 아니었다.

하지만 관행상 특수부대의 팀장은 모두 대위.

그랬기에 성환의 계급도 작전에 투입되기 전 진급이 이루어졌고, 그것을 군이 자신의 능력을 인정하여 진급시켰다 생각했다.

진실은 그게 아니라 부대 내 반골들만 모아 부대를 만들고, 적당한 능력의 팀장을 하나 내세워 미끼로 보낸 것이었다.

아무리 규율이 엄정한 특수부대라고 하지만 개중에는 개성이 강해 팀원들과 자주 마찰을 하는 이들이 있다.

물론 그들이 능력도 없고, 불만만 많은 이들은 아니다.

생각이 많고 진취적이며 자존심이 강해 그리 대립을 하는 것이다.

너무도 순수했기에 그들은 타협이란 것을 몰랐다.

한 번 정한 것은 끝까지 몰고 나가는 외골수적인 성향마저 있는 그런 이들이기에 자신에게도 무척이나 엄격하였다.

그래서 그들의 능력은 부대 내에서도 최고의 기량들을 발휘했다.

하지만 아무리 좋은 병기라도 자신이 잘 활용할 수 없으면 있으나 마나한 것이다.

그렇기에 그들은 어차피 누군가는 해야 할 작전에 미끼로 쓰이는 작전에 투입되었다.

자신들이 북한의 시선을 끄는 미끼라는 것을 알았다면, 그런 허망한 죽음은 없었을 것이다.

그런데 미군을 대신한 총알받이, 결국 물고기를 잡기 위한 미끼였을 뿐.

그저 나라에 충성한다는 일념으로 작전에 임했다.

아무것도 모르고 작전에 나가, 죽은 자신의 팀원들을

생각하자 성환은 자신도 모르게 우울해졌다.

그렇게 일 년의 시간이 지나도록 그는 그 굴레에서 벗어나지 못하고 있었다.

한편 아버지의 부탁으로 소개팅을 나온 미영은 자신의 물음에 대답도 하지 않고 우울한 표정을 짓고 있는 남자를 보며 황당한 표정이 되었다.

군인인 아버지 밑에서 자라다 보니 많은 군인들을 봐왔다.

그런데 지금 눈앞에 있는 남자는 참 특이한 남자라 생각했다.

분명 소개받기로는 겨우 26살에 되지 않았다고 하는데, 벌써 계급이 대위라니 믿기지 않았다.

임관한 지 겨우 2—3년 정도밖에 되지 않았을 사람이 어떻게 대위란 계급을 받을 수 있는지 이해가 가지 않았다.

승진이 빠르니 아마 육군사관학교를 나왔을 것이고, 또 육사 생도들 중에서도 최고의 수재였을 것이다.

분명 졸업을 할 때 수료식에서 대통령 표창이나 아니면 국방부 장관 표창 또는 육군참모총장 표창을 받았을지도 모른다.

뿐만 아니라 각종 작전이나 대회들에서 우수한 성적을 거둬 많은 상을 휩쓸었을 것이 분명한 엘리트 중의 엘리트.

그랬기에 남들은 이제 중위로 진급할 시간에 남들보다 몇 년은 빠르게 진급을 했을 것이다.

그런 사람이 무엇 때문에 저런 표정을 짓고 있는지 이해가 가지 않았다.

만약 자신이 그런 말을 듣고 나오지 않았다면 아마 찌질한 군인 정도로 인식하고 바로 발길을 돌려 카페를 나가 버렸을 것이다.

"무슨 고민이 있기에 그런 슬픈 표정인 거죠?"

미영은 인내심을 발휘해 눈앞의 남자에게 말을 걸었다.

죽은 팀원들을 생각하다 여자의 말소리 때문에 성환은 생각의 늪에서 빠져나왔다.

"아! 이거 실례했습니다."

"아니에요, 아주 슬픈 일이 있었나 보죠."

"네, 그럴 일이 좀 생각이 나 그만."

이야기를 하던 중 성환의 분위기가 다시 어두워지는 것을 느낀 미영은 얼른 분위기 전환을 위해 먼저 말을 하였다.

"제가 누군지 듣고 나왔죠?"

"아, 예. 황 장군님의 따님이시라고……."

"맞아요, 저 황미영이라고 해요. 오늘 바쁜 시간 억지로 나온 거니, 오늘 하루 절 재미있게 해 주지 않으면 아빠에게 이를 거예요."

미영은 분위기 반전을 위해 억지로 자신을 소개하며 귀여운 협박을 했다.

그런 미영의 말에 성환은 어두운 분위기를 털어버리고 웃을 수밖에 없었다.

"하하하, 알겠습니다. 그런데 어떻게 해야 오늘 하루 즐겁게 보낼 수 있을까요? 아시다시피 제가 군인이다 보니 재미있게 노는 방법을 모르니."

그렇게 두 사람은 처음 만난 날부터 주거니 받거니 하며 재미있게 대화를 하였다.

물론 대화는 아직 여자 경험이 없는 성환 보다는 미영이 대화를 리드하였다.

옛 생각이 나 피식, 미소 짓던 성환은 자신도 모르게 얼굴의 표정이 딱딱하게 굳어 버렸다.

즐거웠던 추억을 생각하던 성환의 눈에 안 좋았던 추억의 주인공이 카페로 들어오는 것이 눈에 띄었기 때문이다.

그런데 카페로 들어오던 그 사람도 성환을 발견했는지 인상이 굳어졌다.

◈ ◈ ◈

오랜만에 친구의 전화를 받고 인근 카페를 찾은 미영은

친구와 대화를 하며 카페 안으로 들어갔다.

어디선가 시선이 느껴져 고개를 돌리다 그만 인상이 굳고 말았다.

한때는 죽도록 사랑했던 남자.

하지만 이젠 남이 되어 버린 그 남자가 카페 안에 있었다.

세월이 많이 흘렀는데도 그는 하나도 변한 것이 없었다.

연애 당시 그 얼굴, 그 모습이었다.

짧은 머리에 강인한 인상의 남자.

잠시 그를 보고 멈춰 있는 것을 이상하게 생각한 것인지 자신을 부르는 친구의 목소리가 들렸다.

"얘, 미영아! 뭐해?"

"아! 미안 아는 사람이 있어서."

미영은 친구에게 변명을 하고 친구가 자리한 테이블로 걸어갔다.

걸어가면서도 미영의 시선은 성환에게서 떨어지지 않았다.

잠시 그렇게 성환을 쳐다보던 미영은 한숨을 쉬고, 고개를 돌렸다.

이미 그와 자신은 끝난 사람들이었다.

한참 옛 연인을 쳐다보던 성환 역시 그녀와 시선이 마주치는 것을 느꼈다.

그리고 그녀도 자신을 본다는 것도 인식했다.

어떻게 해야 할 것인지 망설이고 있던 성환.

그런데 그녀가 먼저 자신의 시선을 피하며 함께 온 친구로 보이는 여자에게 집중하는 것이 보였다.

그녀가 자신에게 미련을 보이지 않는 모습에 성환도 곧 관심을 끊었다.

이미 모두 지나간 옛 추억일 뿐이다.

한때 그녀를 통해 괴로움을 잊을 수 있었다.

그리고 또 그녀로 인해 또 다른 괴로움이 있다는 것을 알게 되었다.

그녀가 다른 남자가 생겼다면 떠났을 때의 그 좌절감은 이루 말할 수 없었으니까.

◈ ◈ ◈

처음으로 팀원들을 잃고 돌아왔을 때도 그 정도로 괴롭지 않았다.

그녀가 새 애인이라면 소개했던 남자는 같은 직장의 동료 검사.

수시로 연락이 되지 않는 자신과의 연애에 지쳤다며, 직장 내에서 자신을 도와주고 또 자신의 고민을 함께 들어주는 그와 가까운 사이가 되었고, 이젠 헤어질 수 없는 관계가 되었다…… 자신에게 이별 통보를 하는 그녀의 냉정한 모습에서 성환은 자신이 군인이기에 언제나 곁에서 지켜 줄 수 없다는 생각에 포기를 하였다.

그녀를 보내 주는 것이 사랑했던 남자로서 최선이라 판단했다.

물론 그 뒤로 그녀를 잊기 위해 정신없이 노력을 하였다.

그 때문에 백두산에서 얻은 기연을 많은 부분 자신의 것으로 만들 수 있었다.

그렇게 성환은 다른 사람과 어울리지 못하고 개인의 수련에 매진하기 바빠, 부대 내에서 독불장군으로 찍혀 더 이상 팀에 들어가라는 소리는 없어졌다.

그래서 성환의 보직은 무술 교관으로 변경되었다.

하지만 군에서 내부적으로 은밀하게 제안을 했다.

부하들을 잃고 그 괴로워하는 것 같은 성환에게 새롭게 편성된 특수부대를 가르치는 일이었다.

그 결과 어느 순간 다른 부대원들과는 확연히 다른 경지에 이르게 되었다.

◈ ◈ ◈

진성을 기다리기 위해 나온 카페, 오랜만에 옛 애인이던 여자를 보았지만 그뿐.

이젠 그때의 절절함이 없었다.

보기만 해도 기뻤고, 또 보지 못해 괴롭던, 그런 가슴

뛰는 일은 일어나지 않았다.

그저 담담히 TV화면에 나오는 연예인을 보듯 담담했다.

이미 가슴이 뛰기엔 너무 오랜 시간이 흐른 탓일까.

이렇게 성환이 혼자만의 생각에 잠겨 있을 때, 약속했던 진성이 나타났다.

"죄송합니다, 제가 좀 늦었습니다."

"아닙니다. 제가 일찍 나온 것이지, 진성 씨가 늦은 것은 아닙니다."

성환의 말이 맞았다.

자신이 너무 일찍 약속 장소로 나온 것이지 진성이 늦은 것은 아니다.

그런데도 이렇게 진성은 자신의 상관이 신경 쓰고, 군에서도 상당히 중요한 임무를 수행하고 있는 사람을 기다리게 해서 미안했다.

보통 이런 흥신소 직원들은 약속 장소에 너무 이른 시간에 나오지도 않고, 그렇다고 의뢰인을 기다리게 하지도 않는다.

진성은 군인이지만 특수 임무를 받아 사회에 섞여 활동을 하다 보니 군인이라기보단 일반인과 비슷하게 생각하게 되었다.

성환이 이렇게 일찍 나오게 된 것은 그만큼 진성이 가져올 정보가 간절했기 때문이다.

조카의 실종으로 성환의 마음은 그 어느 때보다 다급했다.

그에게 가족이라고는 누나와 조카뿐.

그런데 눈에 넣어도 아프지 않을 귀여운 조카가 실종이 되었다.

석연치 않은 일이 벌어지고 있다는 것을 조카가 다니던 회사를 찾아가면서 알 수 있었다.

자꾸만 자신과 눈을 마주치지 않기 위해 뭔가 변명거리를 찾는 듯 행동하는 전무라는 자를 보면서 정상적인 기업이 아니란 것 또한 짐작할 수 있었다.

조카가 다니던 회사의 실체를 알기 위해 급한 마음에 약속 시간보다 일찍 장소로 왔다.

성환의 말에 진성은 괜찮다는 말을 듣고 얼른 자신이 조사한 것을 꺼내 놓았다.

"이게 제가 어제 조사한 것들입니다."

진성이 테이블에 올려놓는 것을 보려고 하는데 옆에서 말을 거는 소리가 들렸다.

"손님 무엇을 드시겠습니까?"

언제 왔는지 카페 직원이 그들의 테이블 옆에 와서 무엇을 먹을 것인지 물었다.

확실히 진성이 왔으니 뭐라도 시켜야 했다.

성환이 카페에 도착을 하고 한 번 왔던 직원이었다.

그땐 일행이 올 것이란 말로 돌려보냈었다.

그런데 일행이 1시간이나 뒤에 온 탓인지 직원의 표정이 그리 좋지는 않았다.

미안한 생각에 얼른 아무거나 시켰다.

"난 커피, 어떤 것을 드시겠습니까?"

성환의 물음에 진성은 그제야 테이블에 아무것도 없다는 것을 깨닫고 미소를 지었다.

왜 카페 직원이 손님에게 이렇게 퉁명스럽게 물어 온 것인지 알게 된 때문이다.

"그냥 아메리카노 두 잔 갖다 주시오."

"예, 알겠습니다."

솔직히 카페에 나이든 남자 둘이 찾아오는 경우는 거의 없었다.

주변을 둘러보아도 손님들 중 성환과 진성처럼 한 테이블에 남자만 있는 곳은 없었다.

그것도 30대로 보이는 남자 2명은 말이다.

비록 성환이 나이보다 동안이긴 하지만 검게 그을린 얼굴 때문에 많은 빛을 보진 못하고 나이보다 3—5살 어리게 볼 뿐이다.

물론 그것도 많이 쳐 주는 것이지만 어찌 되든, 남자 두 사람이 카페에 있는 것은 카페 입장에서 좋을 건 없었다.

젊은 여자 두 사람도 아니고, 칙칙한 남자 둘은 그림이 결코 좋아 보이지 않기 때문이다.

직원이 주방에 주문을 하러 떠나고, 성환은 얼른 진성이 올려놓은 서류 봉투를 열어 내용을 확인했다.

"음……."

보고서를 읽으면서 성환은 자신도 모르게 작은 신음을 흘렸다.

그런 성환의 모습을 지켜보는 사람이 있었다.

그 사람은 바로 옛 애인이던 미영이었다.

친구와 이야기를 하기 위해 카페를 찾았는데, 그곳에 오래전 헤어진 연인을 보았다.

비록 자신이 잘못한 일이지만 그땐 그럴 수밖에 없었다.

자주 연락이 끊기는 성환 때문에 스트레스에 빠져 있던 그녀.

그 때문에 자주 혼자 술을 마시게 되었다.

그러다 알게 된 동료 검사는 무척이나 매너가 좋았다.

자신의 고민도 잘 들어 주고, 더욱이 같은 직업을 가지고 있다 보니 이야기도 잘 통했다.

그래서 자주 어울리게 되다, 급기야 잠자리도 함께하게 되었다.

물론 처음부터 그런 사이는 아니었다.

어느 날 술에 취했다가 다음 날 깨어 보니 그와 함께 한 침대에 누워 있었다.

뒤늦게 자신이 실수했다는 것을 깨달았지만, 연락도 되지 않는 성환에 대한 원망 때문에 자신의 실수를 인정할 수가 없었다.

한 번이 힘든 것이지 그 뒤로 미영은 성환이 훈련을 하러 들어가 연락이 되지 않을 땐, 그것이 면죄부라도 되는 듯 그 남자와 어울렸다.

그리고 급기야 자주 만나지도 못하고 만나도 이야기가 잘 통하지도 않는 성환과 헤어지기로 결심하고 그에게 통보를 했다.

그것도 새 애인을 그와 헤어지는 곳에 데리고 가서 말이다.

그가 많이 괴로워하는 것이 보였지만, 그땐 그게 보이지 않았다.

속으로 있을 때 잘하란 소리만 하였다.

그렇게 성환과 헤어지고, 미영과 새 애인도 얼마가지 못했다.

대범했던 성환과 다르게 그는 무척이나 미영을 간섭했던 것이다.

어려서부터 군인 아버지를 보며 익숙했던 군인들의 성향을 남자들의 기본 성격으로 생각했던 미영.

그런데 검사인 새 애인은 그러지 못했다.

대범하지도, 남자답지도 못했다.

나중에 알게 된 것인데, 매너 있는 모습도 다 가식이었다.

여자를 꼬시기 위해서 그런 모습을 보였던 것이다.

뒤늦게 자신의 실수를 깨닫고, 자신이 걷어찬 남자가 얼마나 아까운 사람인지 그때 알게 되 얼마나 후회했는지 모른다.

미영은 지금도 그때 그 시간으로 돌아간다면 그런 실수를 하지 않을 것이란 생각을 가끔 한다.

그래서 지금도 주변에서 결혼을 하라고 하지만 남자를 만날 때면 꼭 성환과 비교해 보곤 하였다.

그리고 지금 친구와 이야기를 하면서도 성환을 몰래 훔쳐보고 있는 중이다.

◈ ◈ ◈

만수파 행동 대장 김성일은 어제 부장인 김용성이 조사하라고 한 인물에 대하여 보고를 하였다.

"성님! 어제 알아보라고 한 것 알아 왔습니다."

"그래, 뭐 나온 것 있냐?"

"별거 없던데요, 그냥 군바립니다."

"군바리?"

"예. 어려서 공부 좀 했는지, 육사 들어가 지금까지 군대에 있다고 합니다."

"그래?"

용성은 성일이 조사한 보고를 듣고 잠시 고민을 하였다.

하지만 결론은 금방 났다.

군인이면 자신들과 별 상관도 없다.

예전 군부독재 시절이라고 하면 모를까, 지금은 시대가 변해도 너무 변했다.

이젠 군인이 힘을 쓰던 시대는 진즉에 끝났고 요즘은 경찰이나 검찰도 증거가 없으면 민간인을 함부로 체포할 수 없는 시대다.

그러니 그가 어떤 수를 쓰던 상관이 없었다.

하지만 자꾸 똥 밭을 뒤지면 냄새가 나는 것은 당연한 것이니, 이 일이 알려져 봐야 좋은 일 하나 없다.

군바리 하나 처리하면 많은 사람이 편하단 생각에 성일에게 지시를 내렸다.

무식하긴 해도 일 하나는 똑 소리 나게 하는 성일이다.

이번 일도 잘 해결할 것이라 판단했다.

"이번 일은 성일이 네가 마무리해라!"

"예? 제가요?"

"그래. 이왕 시작한 거, 많은 사람이 알아서 좋을 일 없는 것 알잖아."

"알겠습니다, 제가 마무리 하겠습니다. 그런데……."

용성이 자신에게 뭔가 일거리를 주자 성일은 말을 흐리

며 얼버무렸다.

그런 성일을 보며 용성은 그가 용돈이 필요하단 것을 금방 깨달을 수 있었다.

솔직히 요즘은 조직이라고 해도 돈이 없으면 언제 하극상이 일어날지 알 수 없다.

아무리 위계질서를 확립하려고 해도, 예전 주먹과 의리로 대변되던 시대는 조직 사회에서 사라진 지 한참이다.

요즘은 돈이 의리고 정의다.

그러니 동생들에게 일을 시키려고 해도 다 돈이 들어가야 일이 깔끔했다.

"알았다, 경리한테 말해 줄 테니 경비 받아가라."

용성의 말에 성일은 바로 일어나 싱글벙글 미소를 띠며 밖으로 나갔다.

"감사합니다, 성님!"

밖으로 나가는 성일의 모습을 잠시 지켜보다 자신의 업무를 보기 시작했다.

확실히 무식한 놈이라 자신의 자리를 넘볼 정도로 막 나가지 않는 것이 용성이 성일을 곁에 두는 이유였다.

자신에게 위협은 되지 않지만, 일을 하나 시키면 깔끔하게 처리하는 성일은 만수파 내에서 자신의 위치를 공고하게 만들고 있었다.

그동안 용성의 자리를 넘보는 경쟁자는 꽤 있었다.

하지만 그들은 어느 누구도 용성을 자리에서 물러나게 하지 못했다.

빈틈을 보이지 않는 그를 밀어낼 명분이 없었을 뿐 아니라, 용성이 세력으로도 그리 밀리지 않았기 때문이다.

그리고 그런 힘은 모두 성일이 그의 밑에 있기 때문이었다.

◈ ◈ ◈

한편 용성의 사무실에서 나온 성일은 얼른 자신의 직속 부하 여섯을 데리고 경리부로 갔다.

샹그릴라 카지노의 경리부라 그런지 많은 사람들이 근무를 하고 있었다.

수시로 현금을 출납해야 하기에 한 푼이라도 틀리면 경을 치는 곳.

서로가 서로를 감시하며 지키고 있어 지금까지 한 번도 사고가 일지 않았다.

이곳 카지노를 누가 관리하고 있는지 너무도 잘 알고 있기 때문에 감히 그럴 생각도 못하지만 말이다.

김성일이 경리부 문을 열고 안으로 들어서자 총무가 나와 이사를 하였다.

"어서 오십시오."

“어, 정 총무! 형님에게 연락 받았지?”

“예, 여기 준비했습니다.”

정총무라 불린 남자는 얼른 작은 봉투 하나를 건네받은 성일의 인상이 절로 일그러졌다.

딱 봐도 봉투가 생각보다 너무 얇기 때문이었다.

“이게 준비한 것이라고?”

“예, 부장님이 지시한 대로 준비했습니다.”

김용성이 준비했다고 하자 어쩔 수 없이 봉투를 받고 나올 수밖에 없었다.

확실히 군바리 한 명 처리하는 것이라 그리 많이 책정하지 않은 듯하였다.

찜찜한 기분을 뒤로하고 성일은 부하들이 기다리는 복도로 나왔다.

“제길, 아무리 그렇더라도 내가 직접 나서는 일인데, 동생들 앞에서 체면 좀 세워 주시지.”

성일은 용성이 준비했다는 봉투를 살짝 들여다보았다.

그런데 봉투엔 자신이 생각한 것 이상의 금액이 들어 있었다.

처음 봉투를 받아들고 그 두께를 보고 성일은 2백만 원 정도로 생각했다.

사람 한 명 처리하는 것이니 그 정도면 적은 것은 아니지만, 그래도 대 만수파 행동 대장인 자신이 직접 움직이는 일인데, 너무한 것 같다는 생각을 했었다.

그런데 나중에 확인을 하니 그게 만 원권이 아니라 5만 원으로 두 묶음이었다.

즉, 그 말은 이번 일을 처리하는 비용으로 천만 원이라는 소리였다.

자신의 예상을 한참 뛰어넘는 금액이라 성일은 이게 조용히 말나오지 않게 처리하란 뜻이란 것을 짐작할 수 있었다.

'조용히 처리하란 말이지!'

성일은 눈을 반짝이며 무언가를 생각했다.

어제 M&S엔터의 최 사장이 왔다간 뒤, 자신에게 누군가를 조사하란 지시가 떨어졌다.

그리고 오늘 그 보고하자 그를 처리하란 지시가 다시 떨어졌다.

자세한 내막은 모르겠지만 행동 대장인 자신에게까지 알려 주지 않고 조용히 처리하라는 것을 보니 상층부 누군가와 연관이 있는 일인 것 같았다.

조직 상부의 일을 너무 알려고 해 봐야 처리 대상이 될 뿐, 자신은 이렇게 돈만 받고 지시한 대로 일만 처리하면 되는 일이다.

"후후, 애들아! 오늘 오랜만에 작업 한 번 하고, 신나게 놀아 보자!"

기분파인 성일이 활동비가 생각보다 많아 기분이 좋다는 것을 깨닫고 그의 부하들도 일제히 신났다.

확실히 성일은 기분이 좋을 땐 부하들에게 모든 것을 퍼 줄 정도로 화끈했다.

하지만 기분이 나쁠 때 걸리면 인정사정이 없다.

오늘 담가질 대상이 조금 불쌍하긴 하지만 자신의 일이 아니니 별 상관도 없었다.

그저 오늘 밤 얼마나 화끈하게 놀 것인지 그게 이들에게 중요한 관심사일 뿐이다.

◈ ◈ ◈

성일이 자신을 노리고 있다는 것도 모르고, 성환은 진성이 전해 준 서류를 살펴보고 있었다.

"이런, 이따위 회사가 버젓이 운영이 되고 있다는 게 말이 되나?!"

성환은 진성이 전해 준 서류에서 조카 수진이 다니던 M&S엔터의 실체를 알고 분노하였다.

소속 연예인을 유력 인사들의 파티에 참석을 시키는 것은 물론이고, 은근하게 그들에게 스폰을 제의하고, 또 성접대까지 알선을 하고 있다는 내용이었다.

이건 뭐 연예 기획사가 아니라 집창촌 포주와 똑같았다.

그리고 이런 일이 비일비재한 것이 바로 연예계라는 보고서에 성환은 뒷목이 뻣뻣해졌다.

"으……."

서류를 보다 도저히 화를 참을 길이 없어 잠시 서류를 내려놓았다.

"후!"

심호흡을 한 번 하고, 내려놓은 서류를 다시 들어 살폈다.

그리고 보고서 중간쯤에 조카가 들어가기로 한 그룹의 내용이 언 듯 보였다.

M&S엔터에서 신인 여성 아이돌 그룹을 준비 중이었는데, 데뷔가 삼 개월 늦춰짐. 의뢰인이 조사를 부탁한 사람이 속한 그룹이라 늦춰진 이유 자세한 조사 요망. 멤버 개별적 접촉을 해 알아본 바에 따르면 한 달 전, 회사 매니저의 강압에 어디론가 끌려갔다가 왔다고 함. 자세한 말은 하지 않지만 접대를 하고 온 것을 추정. 일부 대인 기피로 정신과 상담을 하고 있는 것으로 파악. 이로 짐작하기에 정상적인 접대 상황은 아닌 것으로 파악됨.

보고서를 읽어 나가자 자신의 조카가 어떻게 실종이 되었는지 이제야 감이 잡히기 시작했다.

자신은 잘 모르지만 아마도 풍문으로만 듣던 연예계 통

과의례라는 것을 갔던 듯하였다.

하지만 그 과정에서 자신의 조카는 실종이 되고, 남은 멤버들은 무사히 돌아온 것이다.

모두 치료는 받지만, 돌아오지 않은 것은 조카뿐.

자신의 꿈을 위해 노력하는 아이들을 욕망을 위해 그런 더러운 자리에 불러 난행을 저지른 이들이 도저히 용서되지 않았다.

더욱이 자신의 조카 실종 상태.

어쩌면 최악의 상황일지도 몰랐다.

만약 소식이 병원에 있는 누나에게 알려진다면, 그녀는 도저히 그 엄청난 일을 감당하지 못할 것이 분명했다.

오랜 시간 동안 그 고생을 하며 딸이 건강히 자라, 꿈을 꼭 이루길 바랐는데 사건의 전말을 알게 된다면 큰 충격에 빠질 것이 분명했다.

성환은 더 이상 보고서를 볼 필요성를 느끼지 못했다.

분명 자신은 M&S엔터에 찾아가 정중히 물어보았다.

하지만 그들은 자신들과는 전혀 상관이 없는 일이라 했다.

그렇지만 진성이 전해 준 보고서엔 그들이 깊게 연관이 있다고 나와 있다.

정확하게 그 접대 현장에 누가 있었고, 또 누가 수진이를 그렇게 만들었는지 나와 있지는 않지만 그건 조사를 더 해 보면 알 수 있을 것이다.

이런 생각으로 성환은 밖으로 나와 예전 타던 낡은 소나타 승용차를 끌고 나왔다.

◈ ◈ ◈

차를 몰아 M&S엔터로 향하던 중이었다.

강변도로를 타고 나가려는 차를 누군가 들이받았다.

구형 승합차가 성환이 타고 있는 소나타 승용차의 옆구리를 받은 것이다.

쿵!

"윽, 뭐야!"

사고 때문에 성환의 차는 빙그르 회전을 하며 옆으로 밀려나다가 가드레일에 충돌을 하였다.

잠시 정신을 차리지 못하는 성환.

그런 성환이 탄 차로 조금 전 들이받은 승합차에서 일단의 장정들이 뛰어나왔다.

"와!"

"처리해!"

승합차에서 나온 장정들은 바로 성일의 부하들이었다.

만수파 행동 대장인 성일이 성환을 처리하기 위해 지키고 있다가 중간에 습격을 한 것이다.

승합차에서 내린 조폭들은 쇠파이프와 야구 배트를 휘

두르며 성환이 타고 있는 승용차를 두드리기 시작하였다.

백주 대낮에 깡패들이 도로에서 난동을 부리지만, 그 누구도 차를 멈춰 도와주려는 이들이 없었다.

깡패들은 이런 사람들의 심리를 아는지 모르는지 자신들의 할 일만 하고 있었다.

한편 갑작스런 충격에 정신이 없던 성환은 자신이 타고 있는 승용차를 누군가 두들기는 것을 느꼈다.

하지만 사고 때문에 자신을 구조하기 위해 그런 것이 아니란 것을 금방 깨달았다.

'이게 무슨…… 아!'

성환은 금방 상황을 인지했다.

누군가 자신을 노리고 일부러 사고를 내고, 또 자신이 타고 있는 승용차를 부수고 있다는 것을 깨달은 성환은 고개를 숙인 상태에서 상황을 지켜보았다.

밖에 있는 자들은 자신이 사고 때문에 기절해 있는 줄 알고 문을 열기 위해 차의 창문을 부수는 중이기 때문에 자신이 깨어난 것을 몰라야 했다.

잠시 그렇게 밖을 살피던 성환.

이때 창문이 깨지며 도로의 텁텁한 공기가 차 안으로 훅 들어오는 것이 느껴졌다.

그러면서 누군가 창을 통해 자신을 끌어내기 위해 몸이 안으로 들어오는 것이 느껴지자 바로 행동에 돌입하였다.

"합!"

짧은 기합과 동시에 성환은 운전석 문을 열고 왼발로 차 버렸다.

성환이 찬 힘 때문에 문짝은 쿵 소리를 내고 세차게 열렸다.

그 때문에 창문을 통해 성환을 잡으려던 깡패는 창문에 매달려 뒤로 날아가 버렸다.

날아간 창문과 가드레일에 낀 남자는 그대로 기절했다.

"악!"

성환을 잡으러 들어가던 동료가 문짝과 함께 날아가 쓰러지자, 황당한 모습에 놀라던 깡패들은 놀라 멈췄던 것을 다시 휘둘렀다.

야구 배트와 쇠파이프가 난무하는 도로변.

성환은 여섯 명이나 되는 사내들을 일일이 살펴보았다.

조폭들이 휘두르는 쇠파이프와 배트가 위험해 보이긴 하지만, 무공 고수인 성환이 보기에 너무나 허술한 공격들.

일격필살의 기세도 보이지 않고 그저 사람을 위협하려는 아마추어의 그런 몽둥이질이었다.

자신을 공격하는 자들의 움직임을 파악한 성환은 가장 자신과 가까이 있는 깡패에게 접근을 하였다.

그가 휘두르는 쇠파이프를 피하며 접근한 성환은 쇠파이프를 휘둘러 빈틈이 보이는 깡패의 옆구리를 짧게 끊어

쳤다.

자신이 지른 주먹의 힘이 100% 깡패의 몸에 전달이 되게 하는 고난도의 수법이었다.

생각 같아서는 자신을 습격한 이들을 모두 죽여 버리고 싶지만 그럴 순 없었다.

이들에게 알아봐야 할 것들이 있기에 일단 제압하기로 하였다.

한 명이 쓰러지자 성환은 물 흐르듯 자연스럽게 또 다른 놈을 찾아 접근했다.

그리고 반복되는 상황들…….

한편 자신의 동생들이 한 명을 당하지 못하고 모두 쓰러지는 것을 본 성일은 눈이 돌아갔다.

"이런 병신들!"

성일은 소리를 지르며 승합차에서 내렸다.

처음에는 기습이 성공을 하는 것을 보며 느긋하게 승합차 안에서 기다리고 있었는데, 시간이 흐를수록 한 명, 두 명 당하는 것을 보자 눈이 돌아가 밖으로 나온 것이다.

정신이 없는 와중에도 차에 준비된 연장을 챙겼다.

성일이 잘 쓰는 것은 회칼이었다.

일명 사시미라고도 불리는 회칼은 그 어떤 칼보다 날카로워 살짝 가져다 대기만 해도 살이 저며지는 흉기였다.

더욱이 성일이 든 회칼은 일반적인 18—28㎝의 회칼

이 아닌 45㎝나 되는 큰 회칼이었다.

이 회칼은 참치 같은 거대한 생선을 회를 뜰 때 사용하는 것이지만, 성일은 바로 이 큰 회칼을 이용하여 인간을 회 뜰 때 사용했다.

지금도 성환이 보통이 아니란 판단에 이 자리에서 처리를 하기로 결정하고 자신의 주 무기를 꺼냈다.

원래 계획은 동생들이 목표를 습격하여 승합차에 태우면, 인적 없는 바닷가에서 작업을 하여 바다에 버릴 예정이었다.

그렇지만 계획이 틀어졌으니 위험하더라도 이곳에서 처리를 하고 차를 폐차시키기로 작정하였다.

어차피 대포차라 걸릴 위험은 없지만, 이 일만 처리하고 차를 바꾸기로 했다.

돈도 많이 있으니 이렇게 처리하고 몇 달 잠수를 타도 괜찮을 듯하였다.

그렇게 작정을 하니 마음이 홀가분해진 성일은 비릿한 미소를 지으며 성환에게 다가갔다.

그사이 성환은 자신을 습격했던 모두를 제압해 한쪽에 치우고 자신에게 다가오는 성일을 지켜보고 있었다.

'저놈 칼을 쥐고 있는 폼이 예사 솜씨가 아닌데?'

성환은 성일이 사람을 상대로 한두 번 이런 일을 한 것이 아니란 것을 느낄 수 있었다.

사람의 눈은 마음의 창이라 했던가?

성환도 상대의 눈을 보면 그 사람이 어떻다는 것을 대략적인 정보를 알 수 있었다.

지금 다가오는 남자는 자신과는 다르지만 수라장(修羅場)을 경험한 사람이었다.

'평범한 깡패는 아니군.'

그는 사람을 한 번 이상 죽여 본 살인자의 눈이었다.

그것도 전장에서의 군인이 아닌, 도살자의 눈이었다.

인간을 인간으로서 보지 못하는 도살자 말이다.

성일을 파악한 성환은 그가 세상에 하등 도움이 되지 못하는 인간이란 것을 깨달았다.

하지만 이 자리에서 죽일 수는 없었다.

자신이 판단하기에 이자가 이들의 두목 같았으니.

그래서 일단 불구로 만들기로 결정하였다.

성환이 자신에 대하여 어떻게 할 것인지 결정한 줄도 모르고 오랜만에 인간의 몸에 칼을 쑤실 수 있다는 생각에 저도 모르게 흥분하기 시작한 성일은 눈이 충혈되기 시작했다.

흥분으로 눈에 있는 실핏줄이 터진 것이다.

그런 성일의 변화를 하나, 하나 지켜보던 성환은 일을 길게 끌 필요성을 느끼지 못했다.

"인간 백정이군."

성일을 보며 인간 백정이라 결론지은 성환은 순간적으로 성일의 품으로 접근을 하였다.

단 한순간에 접근을 한 것이라 성일이 어떻게 반응하기도 전에 그의 품에 파고들었다.

성일의 아랫배에 장심(掌心)을 붙이고 내공을 쏘았다.

일명 암경(暗經).

겉보기엔 별 타격이 없어 보이지만 내부는 엉망으로 뭉개 버리는 무서운 기술이었다.

현대 의학으로는 도저히 파악이 되지 않는 그런 수법이다.

별다른 이상을 보이지 않지만 당한 사람은 속으로 곪아 서서히 죽어가는 아주 무서운 암살 기법이다.

성환은 그런 기술을 거침없이 사용했다.

이 인간 같지 않은 놈에게 어울리는 최후를 가져다줄 생각이다.

물론 이것이 성환이 가진 최고의 기술은 아니다.

아니, 이보다 더 무서운 수법이 많지만 아직 자신의 모든 것을 드러낼 수 없기에 참회하라는 심정으로 이리 만들었다.

성환이 이렇게 자신을 습격한 깡패들을 모두 물리치고 있을 때, 누가 신고를 했는지 멀리서 경찰차가 사이렌을 울리며 다가오는 것이 보였다.

사실 이를 신고한 사람은 성환이 휴가를 나온 동안 그

의 뒤를 은밀히 따르던 사람이었다.

그는 성환의 동기인 최세창 중령이 속한 군정보사령부에 속한 군인이었다.

군대 내에서 특수한 위치에 있는 이들에 대한 감시와 경호를 함께 겸하고 있었다.

그렇기에 성환에게 들키지 않는 선에서 도움을 줘야 하는데, 그는 현재 성환을 보호 대상이라고 생각하기보다는 감시 대상이라 보는 관계로 멀리서 경찰에 연락하는 것 말고는 다른 행동을 하지 않았다.

군대 또한 사람이 모이는 곳이라 파벌이 생기는 것이 당연하다.

그리고 성환에게 특수 임무를 준 쪽이 아닌, 반대편에 줄을 선 사람이기도 하였다.

5.
믿을 수 없는 현실

조폭들이 어떤 사람을 폭행한다는 신고를 받고 현장에 도착한 경찰들은 자신들의 눈을 믿을 수가 없었다.

현장에 도착한 경찰들이 본 것은 자신들의 예상과 정반대의 상황이었다.

홀로 오롯이 서 있는 30대 초반으로 보이는 남자가 조폭으로 보이는 남자들을 내려다보고 있었다.

"잠시 실례합니다, 경찰입니다."

경찰은 성환에게 다가와 자신의 신분증을 보이며 경례를 하였다.

그러면서 현장에 벌어진 일에 대하여 질문하였다.

"신고가 들어왔습니다, 협조 부탁드립니다."

한 명이 성환에게 진술을 받고, 함께 온 다른 경찰들은 현장이 도로이다 보니 현장 정리르 하며 정체된 차량들을 인솔하기 시작했다.

삑삑삑!

경찰들의 호루라기 소리에 맞춰 정체됐던 도로는 금방 원활하게 소통하게 되었다.

한편 스러져 신음하고 있는 깡패들을 일단 수갑을 채우고 승합차에 태웠다.

도로에서 싸움이 벌어졌다는 신고가 들어왔기 때문에 어떻게 된 경위인지 조사를 해야 하기에 경찰은 성환도 쓰러진 깡패들들과 함께 인근 경찰서로 향했다.

'깡패들이 동원된 것을 보니 그놈들이 똥줄이 타나 보군.'

성환은 자신이 M&S엔터로 향하자 깡패들이 자신을 습격했다.

조카의 실종과 회사가 연관이 있음을 확신했다.

◈ ◈ ◈

경찰서에 도착한 성환은 조서를 꾸미면서 자신의 신분을 알렸다.

성환의 신분을 알게 되자 경찰들의 무척이나 놀라워했

다.

총경과 비슷한 위치에 있는 육군 대령을 조폭이 백주대낮에 습격한 것도 있지만, 혼자서 7명이나 되는 다수의 깡패들을 제압한 것이다.

더군다나 판사에 따라서는 과잉 방어로 오히려 처벌을 받을 수도 있을 정도로 깡패들의 상태가 좋지 않았다.

물론 그렇다고 이번 문제에 대하여 가볍게 처리할 수도 없었다.

감히 조폭들이 겁도 없이 현역 영관급 군인을 백주대낮에, 그것도 시선이 많은 도로에서 습격한 사건이라 함부로 다룰 일이 아니었다.

이미 이 사건은 누군가의 제보로 성환과 깡패들이 싸우던 동영상이 방송국에 제보가 되었다.

라디오에서는 조폭이 백주대낮에 일반인을 습격한 것으로 보도가 나가기는 했지만, 어찌 되었든 경찰들은 이번 일로 대한민국이 조금 시끄러워질 것 같다는 예감이 들었다.

웃긴 것은 육군 대령을 습격한 조폭의 정체도 심상치 않다는 사실이었다.

육군 대령과 서울 강남의 한 부분을 차지하고 있는 만수파 행동 대장이 연관이 있는지 귀추가 주목되었다.

"대령님, 저들과는 어떤 사이십니까?"

담당 경찰은 성환에게 함부로 하지 못하고 조심스럽게 조폭과 성환의 관계에 대하여 물었다.

그러자 성환은 그들과 일면식도 없었다.

"그건 내가 알고 싶은 거요. 일면식도 없는 그들이 날 어떻게 알고 습격을 했는지 말이오."

"정말로 한 번도 본 적이 없으신 게 맞습니까?"

"그렇소, 다만 짐작이 가는 것이 있긴 하지만."

깡패들이 습격한 이유를 알 것 같다는 말에 경찰은 반응을 했다.

경찰은 성환의 말을 받아 적다 깜짝 놀라 고개를 들어 성환을 쳐다보았다.

"네? 이유를 알고 계시다는 말씀이십니까?"

경찰의 질문에 고개를 살짝 끄덕였다.

경찰은 호기심에 눈을 동그랗게 뜨고 성환을 주시했다.

"아마 조회를 해 보면 알겠지만, 현재 내 조카가 실종되었다는 신고가 접수되어 있을 것이오."

성환의 조카가 실종되었다는 말에 경찰은 바로 수진의 실종 신고에 대한 조회하였다.

그의 말대로 실종 신고가 접수되어 있는 것을 확인했다.

경찰도 이쯤 되자 무언가 있다는 촉이 왔다.

단순한 조폭의 습격이 아닌 뭔가 사건이 벌어졌는데,

그것을 무마하기 위한 추가 범죄인 것이다.

"자세히 좀 알려 주실 수 있겠습니까?"

경찰은 어쩌면 진급할 수 있을 만한 사건의 냄새가 났다.

그런 경찰의 모습에 성환은 차갑게 눈을 반짝이며 말을 이었다.

"참, 그전에 날 습격했던 그놈들 어딨 놈들인지 알 수 있을까?"

성환의 질문에 담당 경찰은 얼른 대답을 하였다.

"예, 그들은 청담동과 압구정 일대를 구역으로 하는 만수파라는 폭력 조직원들입니다."

경찰은 성일과 그의 부하들의 정체는 물론이고 만수파가 어떤 조직인지 자세히 알려 주었다.

경찰이 알려 준 것을 듣고 있자니, 성환은 조카인 수진이 단순한 납치 실종과는 차원이 다른, 무언가 더 어두운 흑막이 있는 것만 같았다.

그렇다고 겁을 먹은 것은 아니었다.

만약 대한민국 폭력 조직 전체가 조카의 실종과 연관이 있다면 부대 무기고를 털어서라도 모두 쓸어버릴 결심을 하였다.

조폭이라는 조직이 대한민국에 한 점 도움이 되지 않는 암적인 존재라 생각하는 성환이기에 이번 기회에 연관된 것들은 싹 쓸어버릴 결심을 하였다.

성환이 이런저런 생각을 하고 있을 때, 군인 한 명이 경찰서 안으로 들어왔다.

그 사람은 경찰서 안으로 들어오자마자 얼른 성환의 곁으로 왔다.

"정 대령, 무슨 일이야?"

그 사람은 바로 성환의 동기이자 정보사령부 중령인 최세창이었다.

비록 성환보다 낮은 중령이긴 하지만 두 사람이 친구이자 동기이다 보니 편하게 대화를 했다.

"어? 최세창. 자네가 어쩐 일이야?"

갑자기 등장한 최세창으로 인해 경찰서는 다시 한 번 분위기가 반전되었다.

그도 그럴 것이 최세창 중령은 혼자 온 것이 아니라 일단의 군인들과 함께 온 때문이다.

그들의 소속은 군 정보사령부 소속의 군인들이었다.

그리고 그들에게는 개인적으로 수사권이 주어져 있어 일선 경찰들도 함부로 할 수 없었다.

최세창 중령과 함께 온 군인들은 방금 전 성환이 경찰들에게 진술한 수사 기록을 모두 수거를 하였다.

그 이유는 성환에 대한 보안 등급 때문이었다.

일선 경찰들은 성환에 대한 어떤 정보도 연람을 할 수

없다.

그건 국가 기밀을 다루는 비밀 취득 인가자들 중에서도, 관계자 몇몇만 성환에 대한 정보를 연람할 수 있는 권한이 있다.

지금도 그런 이유 때문에 최세창 중령이 직접 군수사관들을 대동하고 성환에 대한 연락이 오자마자 직접 나선 것이다.

이 일 때문에 잠시 경찰서 안이 소란스러워지긴 했지만, 최세창 중령이 불러 준 코드 때문에 담당 경찰은 아무 소리 하지 못하고 조금 전 작성한 모든 자료를 넘겨 주고는 컴퓨터에 남아 있는 자료까지 모두 폐기되었다.

자신이 경찰서에서 작성한 모든 자료가 세창이 데려온 군인들에게 넘어가는 것을 잠시 지켜보던 성환은 동기인 세창을 돌아보았다.

"다시 묻는다. 어떻게 온 거야?"

"하…… 넌 네 위치를 잘 모르나 본데, 네가 지금 하고 있는 일은 군에 아주 중요한 일이다. 네가 아는지 모르는지 모르겠지만, 지금 넌 우리 정보사령부에서 주시하고 있어."

세창은 완곡한 표현으로 주시하고 있다고 했지만 성환은 그 말이 어떤 의미인지 잘 알고 있다.

"훗, 좀 웃기는 이야기군."

성환은 세창의 이야기를 듣고 뜸을 들이다 다시 말을 이었다.

"그런 중요한 임무를 수행하는 내 주변 일에 대한 경계는 신경도 쓰지 않고 있었다는 거냐?"

성환의 질문에 세창도 바로 답변을 해 줄 수가 없었다.

원래 군 내에서도 그런 일을 하는 사람의 가족에 대한 경호와 감시가 동시에 이루어진다.

그런데 무엇 때문인지 성환의 가족에 대한 경호가 제대로 이루어지지 못했다.

이 때문에 성환이 직접 실종된 조카를 찾아 나서게 되었다.

물론 이 때문에 담당 부서는 현재 신나게 깨지고 있으리라.

그리고 현재 성환의 조카 실종에 대하여 군에서도 조사가 들어갔다.

혹시나 북한이나 주변국의 특수부대가 납치했을 수도 있기 때문이다.

"일단 미안하다는 말을 먼저 해야겠군. 어디서부터 꼬인 건지 모르겠지만, 그 문제로 지금 감찰을 하고 있다. 그리고 네 조카 실종에 대하여 우리가 조사를 하고 있으니 넌 더 이상 나서지 말았으면 한다."

최세창 중령은 정보사령부에서 조사하고 있으니 성환에

게 더 이상 전면에 나서서 조사하는 것을 중단하길 종용했다.

하지만 성환은 누나와 약속한 것이 있기에 그 말을 들어줄 수 없었다.

"아니, 군에서 조사를 하는 것과 별개로 나도 알아봐야겠다. 이번 일로 짐작하는 것이 있으니."

성환의 단호한 말에 세창은 얼굴을 찡그렸다.

솔직히 자신 같아도 성환과 같은 행동을 했을 것이란 생각을 했다.

하지만 현재 성환은 군 내에서도 극비 중의 극비였다.

현재 알려진 성환의 능력을 주변국이나 미국이 알게 된다면 결코 대한민국 군을 그냥 두지 않을 것이 분명했다.

물론 그런 판단은 아주 옳았다.

세창이나 성환 본인은 모르겠지만 현재 미국 군부에서는 국제 특수부대 경연 대회에서 엄청난 기량을 보인 성환을 조사하기 위해 많은 노력을 하고 있다.

DIA(국방정보국)에서는 CIA에 협조 요청을 하여 성환의 정보를 수집하고 있었다.

대한민국 육군에서는 이런 정황을 짐작하고 성환의 정보에 대하여 철저히 은폐를 하고 있는데, 이런 사건이 벌어져 난감한 상태였다.

세창은 하는 수 없이 일단 성환에게 최대한 자신을 숨

길 것을 당부하였다.

"그럼 최대한 너를 노출시키지 마라."

"알았다, 나도 조심할게."

"그래, 그럼 여긴 내가 처리할 테니 넌 그만 가 봐."

"그래, 그럼 수고해라!"

성환은 그렇게 세창에게 맡기고 경찰서를 나섰다.

경찰서에서 나온 성환은 경찰이 자신의 차를 증거품으로 끌어다 놓았기에, 처음의 목적지인 M&S엔터로 차를 몰았다.

◈ ◈ ◈

한편 샹그릴라 카지노에 들러 만수파의 부장인 김용성의 대답을 들었음에도 불구하고 최신규는 무척이나 불안했다.

"아, 젠장! 처리를 하겠다고 했으면 바로 답을 줘야 할 거 아냐! 왜 아직도 연락이 없는 건데!"

불안한 마음에 최신규는 전화기를 들여다보며 안절부절못했다.

처음 전무인 최진규에게 수진의 외삼촌이 찾아왔다는 말을 들었을 때까지만 해도, 아니, 이야기를 듣고 김부장을 만나고 올 때까지만 해도 불안하지 않았다.

하지만 어려서부터 자신에게 안 좋은 일이 있을 것 같은 예감은 무척이나 잘 맞았다.

그렇기에 일진처럼 행세하고 또 아는 여자애들을 알선하면서 많은 돈을 벌 수 있었다.

다만 욕심 때문에 자신의 예감을 무시하고 과욕을 부리다 탈이 났었다.

다행히 학교도 체면이란 것 때문에 자신을 자퇴 처리했기에 다른 학교로 전학을 갈 수 있었다.

만약 그러지 않았다면 자신은 고등학교도 나오지 않은 진짜 사회 쓰레기가 되었을 것이다.

지금은 사회에서 어느 정도 인정받는 인사가 되어 있다.

비록 대학은 나오지 않았지만 처세에 능하고, 기막힌 촉 때문에 위기를 넘기며 이 자리까지 왔다.

그런데 지금 그 촉이 무섭게 경고를 하고 있었다.

지금까지 겪어 온 그 어떤 예감보다도 확실하게 경고를 하고 있었다.

그 때문에 최신규는 지금 뭘 어떻게 해야 할지 아무것도 손에 잡히지 않았다.

"사장님, 결재 서류……."

"나가!"

쿵!

눈치 없는 비서가 들어왔다 면박만 받았다.

의자에 앉아도 일에 집중이 되지 않아 안절부절 못하던 최신규는 인터폰을 눌러 최진규를 찾았다.

"최 전무 들어왔나?"

—외근 나가셔서 아직 들어오지 않았습니다.

최신규는 최진규가 자신의 지시대로 하루에 한 번씩 아파트에 들러서 수진을 살피고 있다는 생각에 작은 안도감이 생겼다.

최진규가 수진을 보살핀다는 생각이 들자 무엇 때문이지 그것만이 자신이 살길이란 막연한 생각마저 들었다.

그런 생각이 들자 얼른 진규에게 전화를 걸었다.

뚜루루, 뚜루, 뚜뚜.

수화기 너머에서 연결음이 들리고 있지만 무엇을 하는지 바로 전화를 받지 않고 신호만 울리고 있었다.

한참이 지나 다섯 번이나 전화를 해서 겨우 통화가 되었다.

—여보세요, 성님. 말씀하십시오.

드디어 진규의 목소리가 들리자 최신규는 갑자기 짜증이 확 일었다.

"야, 이 새끼야! 무슨 전화를 그렇게 안 받아! 그러려면 뭐하러 전화길 가지고 다녀!"

최신규의 호통에 진규는 얼른 변명을 하였다.

—그게 수진이가 정신을 차린 것 같아 뭐 좀 먹이느라…….

신규는 정신이 오락가락하던 수진이 정신을 차린 것 같다는 진규의 말에 얼른 말을 바꿔 물었다.

“그래, 어때 보여? 넌 알아보던?”

재능이 있는 아이들에겐 회사에서 많은 정성과 관심을 보였다.

수시로 얼굴을 보여 연습생들에게 회사가 얼마나 그들을 생각하고 있는지 인식시켰던 것이다.

물론 그렇게 함으로써 연습생들에게 신뢰를 얻고 일부 연습생을 스폰서들에게 인사시키기도 편했고, 또 스폰을 받게 하는 것을 당연하게 인식하는 데 유리하기 때문이다.

이미 연예계란 곳이 어떤 곳인지 연습생 생활을 하면서 선배들에게 들어 어느 정도 알게 된 때에 스타가 되기 위해 통과 의례라는 변명으로 스폰서들에게 인사를 시키는 일을 보다 쉽게 하기 위해 그렇게 오래전부터 인식을 시켰다.

그러니 정신을 차렸다면 전무인 진규의 얼굴을 알아봤을 수도 있을 것이다.

그런 기대를 하며 질문을 했지만 들려온 답은 그게 아니었다.

—그게, 깨어나자마자 절 보더니 비명을 지르는 통에

벨소리를 듣지 못했습니다.

수진이 깨어나 진규를 보고 지른 비명 때문에 전화벨 소리를 듣지 못했다는 말에 자신도 모르게 한숨을 쉬었다.

"후, 그나마 깨어났다니 다행이긴 하지만 걱정이다."

진규는 그제야 자신이 궁금하던 걸 물었다.

—성님, 그런데 그 사람은 어떻게 됐어요?

신규는 '그'가 누구를 뜻하는지 잘 알았다.

"일단 그자는 만수파에서 알아서 하겠다고 했다."

—만수파에서요?

"그래, 그러니 넌 다른 거 신경 쓰지 말고 일단 수진이가 정신 차릴 때까지 회사 나올 필요 없으…… 아니다, 내가 곧 갈 테니 준비하고 있어라!"

—알겠습니다.

전화를 끊은 최신규는 잠시 생각을 하다 만수파의 김부장에게 전화를 넣었다.

신호가 가고 곧 상대편에서 전화 받는 소리가 들리자 최신규는 얼른 자신을 알리고 용건을 물었다.

"저 M&S의 최 사장입니다. 어떻게 됐습니까?"

—오늘 보냈으니 조만간 연락이 있을 것이니 너무 걱정하지 말고 있으세요.

오늘 사람을 보냈다는 말에 최신규는 이상하게 더욱 불안하게 만들었다.

어떻게 만수파에서 처리하라고 사람을 보냈다는데 그런 예감이 드는 것인지 알 수가 없었다.

그동안 각종 사건이 있었지만 만수파에서 나서서 해결 못한 일이 없었다.

이중계약을 했던 연예인 문제도, 다른 조폭과 연관된 업소에서 문제가 생겼어도 만수파에 말만 하면 모두 해결이 되었다.

비록 약간의 사례금이 들어가긴 했지만 그래도 M&S엔터에 불리하게 일이 처리된 적은 한 번도 없었다.

그런데 이번만은 막연하게 만수파도 해결하지 못할지도 모른단 생각이 들었다.

"알겠습니다. 전 그럼 김용성 부장님만 믿고 있겠습니다."

말은 그렇게 하지만 너무도 불안해서 가만히 있을 수 없었다.

김용성과 통화를 끊은 최신규는 수진이 있는 아파트로 가 봐야겠다는 생각을 하고는 사장실을 나가기 전 마지막으로 M&S엔터의 전담 의사에게 전화를 하였다.

그리고 그에게 수진이 있는 아파트를 알려 주며 그곳에서 만나자는 약속을 잡았다.

그 의사도 가끔 그곳에서 은밀한 접대를 받은 적이 있기에 금방 최신규의 말을 이해했다.

또 문제가 생긴 아이들을 그곳에서 치료를 하기도 했었기에 약속을 잡을 수 있었다.

이런 일은 많은 사람이 알아봐야 좋을 것이 없기에 비밀을 공유하는 사람만 불러야 했다.

만약 수진의 일이 외부에 알려지면 그동안 쌓아 올린 모든 것이 무너질 게 분명했기 때문에 자신에게 약점이 잡힌 의사가 필요하기에 그를 부른 것이다.

'제길, 힘들군. 만수파가 나섰는데, 왜 이리 불안한 거야, 젠장!'

최신규는 밖으로 나가면서 속으로 계속 투덜거렸다.

◈ ◈ ◈

한편 M&S엔터의 앞에 도착한 성환은 안으로 들어가려다 무슨 생각인지 안으로 들어가지 않고 그냥 차 안에서 입구를 주시했다.

괜히 회사 안으로 들어가 난리를 쳤다가 일이 잘못될 수도 있기에 사장이나 그때 본 전무란 자가 나오면 미행을 하다 외진 곳에서 납치를 해 수진의 일을 물어보기로 하였다.

그렇게 결심하고 입구가 보이는 도로 맞은편에 차를 세우고 대기하고 있는데, 저 멀리 M&S엔터 빌딩 입구에 누군가 나오는 것이 보였다.

이상하게 눈길이 가는 남자였다.

그가 건물에서 나오자 검정색의 대형 세단이 그의 앞에 정지하는 것이 보였다.

세단이 앞에 정지하자 그에 올라타는 남자를 보며 성환은 그가 자신이 기다리는 사람 중 한 명이란 감이 바로 왔다.

그런 성환의 짐작을 확신시켜 주는 건 입구를 통과할 때의 경비의 행동이었다.

바른 자세로 경례를 하는 모습이 일개 사원은 아닌 듯 보였기 때문이다.

자신이 기다리는 자가 나가는 것을 본 성환은 조심스럽게 그 차를 추적하기 시작했다.

그런데 성환이 추적하는 차는 그리 멀리 가지 않고 10분쯤 운행을 하다 어느 아파트 단지로 들어갔다.

생각보다 가까운 곳에 들어가자 조금 의아한 생각이 들었다.

아직 이른 시간인데 벌써 퇴근을 한 것은 아니고, 애인의 집에 가는 것인가 하는 생각이 들었다.

멀리 있기는 하지만 시력이 좋은 성환의 눈에 처음 건물을 빠져나오던 남자는 이 시간에 결코 애인이나 만날 정도로 여유 있는 표정이 아니었다.

무언가 불안한 표정으로 급하게 용무가 있는 사람의 얼굴이었다.

그렇기에 성환은 조금 의아한 표정으로 그의 일거수일투족을 관찰하기로 하고 세단이 들어간 아파트 단지로 자신의 차를 몰았다.

단지로 들어가니 저 앞에 주차되어 있는 세단이 보였다.

성환은 조금 떨어진 곳에 주차하고 내려, 아파트 입구로 걸어갔다.

걸어가며 그자가 타고 왔던 차 안을 살펴보니, 차 안에는 기사로 보이는 남자만이 운전석에 앉아 있었다.

자신이 쫓던 남자는 자신이 주차하기 전에 이미 아파트 안으로 들어간 듯 보였다.

놓칠지도 모른다는 생각에 성환은 빠르게 아파트 안으로 들어갔다.

안으로 들어가자 엘리베이터는 이미 움직이고 있었다.

자신이 쫓던 남자라는 것을 직감적으로 알았다.

들어간 지 얼마 되지 않았는지, 엘리베이터는 3층을 향해 올라가고 있었다.

'다행이다.'

다행이란 생각이 먼저 들었다.

성환은 엘리베이터가 몇 층에 멈추는지 기다렸다.

'8층, 9층, 10층…… 15층.'

성환이 살피니 엘리베이터는 꼭대기인 15층에 멈추었다.

엘리베이터가 멈추는 것을 확인한 성환은 얼른 버튼을 눌렀다.

멈춘 엘리베이터가 내려오자 성환은 올라타 15층을 눌렀다.

성환을 태운 엘리베이터가 꼭대기 층에 정지를 하고 문이 열렸다.

문이 열리고 엘리베이터에서 내린 성환은 두 집 중에 어떤 집으로 들어갔는지 알 수가 없었다.

그래서 한 집씩 살펴보기로 하고, 귀에 내공을 집중한 채 왼쪽 집 문에 귀를 대보았다.

하지만 그 집에선 어떤 소음도 들려오지 않았다.

아마도 낮 시간이라 사람이 모두 나갔는지 안에 사람의 기척이 하나 없었다.

이에 반대편 집 문에 귀를 기울여 살피려 할 때, 엘리베이터가 올라오는 소리가 들렸다.

성환은 얼른 비상 계단 위로 뛰어 올라가 엘리베이터를 살폈다.

금테 안경을 쓴 샤프한 남자가 커다란 가방을 들고 엘리베이터에서 내리는 모습이 보였다.

그 남자는 습관인지 주변을 살피다 성환이 아직 확인하지 못한 집 초인종을 눌렀다.

삐!

단음의 기계음이 울리고 조금 있다 문이 열리는 것이 보였다.

성환은 문이 열리면서 문을 여는 남자의 얼굴을 확인할 수 있었다.

그의 얼굴을 확인하자 성환은 자신이 제대로 찾아온 것을 느낄 수 있었으니.

문을 열고 나온 사람은 성환이 쫓은 남자가 아니라, 그제 보았던 회사의 전무란 자였다.

'빙고!'

자신이 제대로 찾아온 것을 확신한 성환은 저 안에 전무 말고도 M&S의 간부가 더 있다는 생각에 눈을 반짝였다.

다행히도 옆집도 빈 상태.

당장 쳐들어가 저들을 제압하고 수진의 행방을 물으면 될 생각하니 가슴이 두근거렸다.

'조금만 기다려, 누나! 곧 수진이 행방을 알 수 있을 거야.'

성환은 조금만 있으면 조카의 행방을 알 수 있을 것이란 생각에 작게 흥분했다.

실종된 조카를 걱정하는 누나의 모습이 눈에 선했다.

제대로 찾아왔다는 생각에 성환은 계단에서 빠르게 내려와 문이 닫히기 전 입구에 서 있는 남자 둘의 혈도를 제압하였다.

아직 익숙하진 않지만 기연을 얻었을 때, 함께 있던 죽간(竹簡)에 새겨진 것을 독학하여 배웠다.

인간의 신체 혈 자리를 총 망라한 그 죽간은 현대 한의학에서 알고 있는 혈 자리보다 많아 성환도 공부를 할 때 무척이나 고생을 하였다.

그래도 현대 한의학에서 많은 것을 참고할 수 있어, 독학이 가능했다.

그 결과 이렇게 쉽게 사람을 제압할 수 있었다.

'어, 어!'

너무나 순식간에 벌어진 일이라 최진규는 물론이고 달려온 의사도 아무런 소리도 내지 못하고 빳빳한 통나무가 되고 말았다.

한편 성환은 혈도를 제압하고 최진규 전무를 보며 낮게 으르렁 거렸다.

"내가 곧 볼 것이라고 했지. 아마 수진이의 행방을 불지 않는다면 너희 그만한 각오를 해야 할 것이다."

성환의 말을 들은 최진규는 자신도 모르게 진저리를 쳤다.

그가 어떻게 했는지 모르지만, 자신의 몸이 굳은 것이 눈앞의 남자와 관계가 있다는 것을 깨달은 최진규는 속으로 아무런 죄가 없다는 말만 되풀이하였다.

아니, 말을 하고 싶었지만 입이 움직이지 않았다.

그리고 그건 최진규의 앞에 있는 의사도 마찬가지였다.

목덜미가 감전이 된 것처럼 따끔한 것을 느껴지고는 몸이 굳어 버렸다.

비록 돈과 여자를 밝히긴 해도 인간의 신체에 대해선 누구보다 밝은 의사.

이런 현상에 대해 전혀 들은 바가 없기에 의사는 무척이나 두려웠다.

혹시 이래도 전신마비가 되는 것은 아닌지 걱정이 되었다.

아직 현대 의학으로 고치지 못하는 많은 병들이 있다.

그중에 지금 자신의 상태와 비슷한 사례도 있는 것을 그는 잘 알고 있었다.

혹시 지금 자신이 그런 병에 걸린 것은 아닌지 너무도 불안했다.

그런데 자신의 뒤에서 뭔가 커다란 물체가 다가오는 느낌을 받았다.

그리고 그 느낌은 결코 헛것이 아니란 것을 증명하였다.

검은 그림자가 자신을 지나 자신의 앞에 있는 최 전무에게 다가가 그의 귀에 무언가 귓속말을 하는 것이 눈에 보였다.

그가 무슨 말을 했는지 최전무의 동공이 확장되고 눈밑이 떨리기 시작했다.

분명 눈앞의 남자를 알고 있으리라.

하지만 무언가에 너무 놀란 표정이었다.

남자와 최전무가 무슨 말을 주고받았는지 모르지만 이야기를 끝낸 남자는 최 전무를 입구에서 조금 뒤로 옮기더니 자신을 붙잡아 안으로 들고 들어와 문을 잠갔다.

'날 보내 줘! 난 죄 없어!'

말을 하고 싶지만 입도 움직이지 않았다.

성환은 두 사람을 제압하고 차분히 이들을 안으로 들여놓고 문을 닫았다.

이때 집 안에서 남자의 말소리가 들렸다.

"이 원장! 왔으면 어서 여기로 와 줘! 아주 급해!"

의사를 부른 사람은 바로 최신규였다.

초인종이 울리고 그가 도착한 것을 안 최신규는 안방에서 수진을 돌보던 최진규에게 지시해 맞이하라고 했다.

그런데 무슨 이야기를 하는지, 오는 소리가 들리지 않아 이렇게 부른 것이다.

성환은 안에서 소리가 나자 다시 한 번 내공을 풀어 집 안을 살펴보았다.

자신의 곁에 두 명과 저 안방 쪽에 두 사람의 인기척이 느껴졌다.

이 집에 더 이상의 사람의 낌새가 느껴지지 않자, 성환은 조심스럽게 소리가 들린 안방으로 다가갔다.

그런데 이상한 것은 한 명의 기척이 그리 편하지 않다는 것이었다.

뭔가 비정상적인 호흡 소리와 간간히 신음과 비명이 들려왔다.

급할 것 없다는 생각에 성환은 집을 자세히 살펴보았다.

분명 이곳은 아파트 단지 안.

한데 이곳의 실내 인테리어는 꼭 술집을 보는 듯하였다.

거실에는 밖에서 보지 못하게 두꺼운 커튼으로 가려져 있었다.

아마도 안에서 벌어지는 일을 알 수 없게 하려는 의도 같았다.

그뿐 아니라 열린 문 사이로 보이는 외부 창에는 모두 시커먼 선팅이 되어 내부에서 어떤 일이 벌어져도 모를 정도였다.

또 벽지를 들여다보니 방음을 위한 것인지 보통 벽지와 달랐다.

아마도 이게 말로만 듣던 홈 살롱 같았다.

집과 원래는 응접실 또는 사교를 위한 장소를 가리키는 살롱의 합성어다.

그리고 이런 홈 살롱에서는 온갖 변태적인 영업이 성행한다고 전해진다.

하지만 단속이 쉽지 않다.

이런 홈 살롱은 아주 은밀하게 운영이 되며, 몇몇 회원들만 출입하는 회원제로 운영이 되기에 비밀이 오랫동안 보장이 된다.

뿐만 아니라 홈 살롱은 짧게는 한 달, 길게는 반년 미만으로 운영이 되기에 내부 고발이 아닌 이상 단속이 불가능했다.

가끔 뉴스에 단속이 되는 경우도 있긴 하지만 이건 그들이 방음을 제대로 하지 않았을 때 이웃에 고성방가로 신고가 들어왔다가 경찰 출동에 우연히 잡히는 것이다.

그런데 지금 성환이 보고 있는 이 집이 바로 그런 변태 영업을 하는 곳 같았다.

그러자 머릿속으로 어떤 상상이 떠올랐다.

자신의 조카를 이곳에서 영업을 했던 것은 아닌가, 하는 생각이었다.

그런 생각에 발걸음을 빨리 안방으로 돌렸다.

문을 슬쩍 밀어 안을 확인하자…….

성환이 상상도 못했던 일이 눈앞에 펼쳐졌다.

침대에 누워 있는 조카 수진.

그녀는 얇은 침대보에 둘둘 말려 있고, 그 침대보는 전선 같은 것으로 묶여 있었다.

아마도 도망치지 못하게 하거나, 아니면 반항하지 못하게 막기 위해 그렇게 한 듯 보였다.

그런 와중 허연 다리에 링거 바늘이 꽂혀 있는 것이 보였다.

링거를 맞는 것이면 팔뚝이나 손등 또는 손목의 혈관에 놓는 것이 보통.

지금 수진이 맞고 있는 링거 수액은 지금 조카의 발등의 혈관에 놓여 있었다.

성환은 일단 실종되었던 수진의 모습을 확인을 하자 빠르게 안방을 문을 박차고 들어가 침대 곁에 있는 최신규를 덮쳐 혈도를 짚었다.

"억!"

모르는 남자가 방으로 들어와 자신을 덮치자 깜짝 놀랐다.

남자는 자신의 뒷목을 잠깐 짚고 떨어지더니 수진이 있는 침대가로 가는 것이 아닌가.

'안 돼!'

말을 하고 싶었지만, 소리는 입 밖으로 나오지 못했다.

한편 최신규를 제압한 성환은 얼른 묶여 있는 수진의 상태를 살펴보았다.

눈을 뒤집어 보았지만 눈동자가 돌아가고 흰자위만 보였다.

이에 수진의 몸을 묶고 있는 전선을 쥐어뜯듯 풀고는 팔을 잡았다.

이때 성환은 깜짝 놀랐다.

조카 수진이 지금 알몸이었던 것이다.

아무리 조카라고는 하지만 이젠 처녀티가 나는 17살이 아닌가!

조카의 알몸을 보게 되자 잠깐 당황했다.

하지만 그것도 잠시.

몸에 푸른 침대보로 몸을 가리고 손목을 잡고 진맥을 해 보았다.

성환이 비록 한의사 자격증은 가지고 있지 않지만 대한민국 그 누구보다 정확하게 진맥을 할 수 있는 능력을 가지고 있었다.

내공을 일으켜 살짝 수진의 몸 안으로 밀어 넣었다.

자신의 내용을 조카의 몸 안으로 집어넣은 성환은 그것을 조종하여 혈맥을 따라 몸 상태를 살폈다.

"음……."

작은 침음성과 함께 이를 악물었다.

무언가 약물에 취해 지금 몸 상태가 정상이 아니었다.

특히나 가장 심각한 것은 뇌 부분이었다.

다른 장기야 섭생을 잘하고 안정을 취한다면 정상이 될 것이지만, 뇌는 아니었다.

뇌혈관이 어떤 충격을 받았는지 여기저기 끊어지고 터져 있었다.

성환이 살펴본 바에는 뇌 한쪽에 피가 고여, 그것이 굳어 혈전을 형성하고 있었다.

만약 이대로 계속 시간이 흘러간다면 목숨도 장담할 수 없었다.

이때 잠든 것 같던 수진이 갑자기 비명을 지르며 발작을 하였다.

"아악! 싫어! 안 돼!"

갑작스런 수진의 발작에 손목을 놓치고 말았다.

"윽!"

조카의 손목을 놓치는 바람에 내공을 운용하던 것이 중간에 끊기고 말았다.

이 때문에 성환은 피해를 입고 말았다.

수진의 몸에 투여한 내공을 소실도 그렇지만, 내상을 입은 것이다.

하지만 이 정도는 못 견딜 정도로 그는 나약하지 않았다.

목에서 올라오는 뜨거운 것을 억지로 참으며 다시 삼켰다.

내상 때문에 피가 역류하였는데, 그걸 다시 삼킨 것이었다.

"휴우!"

성환은 얼른 날뛰려던 내기를 다스리고 발작하는 조카의 수혈을 짚었다.

"우음!"

성환이 수혈을 짚자 수진은 발작을 멈추고 바로 잠이 들었다.

아마도 성환이 수혈을 풀지 않는다면 꼬박 12시간을 자야 깨어날 것이다.

수진이 잠든 것을 확인한 성환은 고개를 돌려 최신규를 쳐다보았다.

그에게는…… 물어봐야 할 것이 너무도 많았다.

자신이 회사로 찾아갔을 때, 전무라는 자가 수진이를 집으로 보냈다 했다.

그런데 그 말은 거짓.

성환은 잠시 신규를 쳐다보다 자리에서 일어나 밖으로 나갔다가 다시 방으로 들어와 최신규를 어깨에 메고 거실로 옮겼다.

최신규를 내려놓은 다음 입구에 방치된 두 사람을 한꺼번에 어깨에 들쳐 메고 거실로 대려와 최신규의 옆에 내려놓았다.

성환은 잠시 이들을 지켜보다 최신규의 목덜미를 손가락으로 찔렀다.

"억! 당신 누구야! 여긴 어떻게 들어온 거야!"

성환의 손짓 한 번에 말문이 트인 최신규는 성환을 보며 소리쳤다.

하지만 아직 몸이 움직이지 않았다.

흥분해 소리치던 것도 뒤로 가선 잦아들었다.

그런 최신규를 보며 성환은 작은 경고를 했다.

"시끄럽게 떠들어 봐야 이곳에서 벌어지는 일은 아무도 모른다. 그러니 내가 묻는 말에나 대답해……."

너무도 차가운 성환의 말에 최신규는 입을 닫았다.

성환의 말투는 아무런 억양을 가지고 있지 않았지만, 저절로 만인을 짓누르는 위압감이 서려 있었다.

주눅이 든 최신규는 꿀 먹은 벙어리마냥 조용해졌다.

"이름."

최신규의 인상이 절로 구겨졌다.

이에 최신규는 성환의 이상한 능력에 겁이 조금 나긴 했지만 일단 자신에게 반말을 한 것에 대하여 기분이 나쁘다는 표현으로 대답을 하지 않았다.

그런 최신규의 모습에 성환은 아무 말 없이 신체의 혈도 몇 곳을 쳤다.

그리고 시작된 변화.

최신규는 금방 눈을 크게 뜨며 성환을 향해 뭔가 말을 하려 하였다.

하지만 그의 입에선 아무런 말도 들리지 않았다.

그건 성환이 말을 할 수 있는 아혈까지 점해 몸에서 일어나는 고통을 입 밖으로 내뱉을 수 없었다.

시간은 겨우 5분 정도 흘렀지만 최신규는 고통에 1시간은 흐른 듯 느꼈다.

지금까지 맛본 그 어떤 고통보다도 아프고 참을 수가 없었다.

단 5분의 분근착골(分筋錯骨)이란 수법을 받고 걸레가 된 최신규의 모습에 아무런 표정변화 없이 차갑게 다시 물었다.

그런 성환의 반말을 하는데도 순순히 대답을 하였다.

"최신규요."

"직책."

"M&S엔터테인먼트 사장이오."

"사장?"

"그렇소."

자신이 따라온 자가 회사의 사장이었다는 것에 성환은

눈을 반짝였다.

자신의 예감이 맞았다.

그를 따라오길 잘했다는 생각을 하였다.

그러면서 고개를 돌려 첫날 보았던 전무를 쳐다보았다.

"뭐, 너희는 모른다고? 관계가 없다고 했나."

"ㅇㅇㅇㅇ."

성환의 낮은 목소리에 최진규는 잔득 겁먹은 표정으로 뭔가 말을 하려고 하였다.

하지만 아직 입이 굳어 말이 나오지 않아 무척 답답했다.

최진규를 보고 있는 성환, 그런 성환을 보던 최신규는 얼른 자신이 궁금한 것을 물었다.

"당신은 누구요?"

전무를 보고 있던 최신규를 돌아보았다.

자신의 정체를 그에게 알려 주었다.

"저자에게 내 얘기 못 들었나."

성환이 최진규를 가리키며 말을 하자 신규는 고개를 갸웃거리다 뭐가 생각이 났는지 깜짝 놀랐다.

그런 최신규의 모습에 성환은 비릿하게 미소를 지으며 말을 하였다.

'어떻게! 아직 그들과 마나지 못했나?'

아니, 기절할 정도로 놀랐다고 하는 편이 맞을 것이다.

"왜, 내가 조폭들에게 당하지 않은 것이 이상한가?"

성환의 하는 말을 듣자 자신의 생각이 틀렸다는 것을 알았다.

더욱이 그들이라고 하는 것으로 봐선 만수파에서 한두 명이 나선 것이 아니란 것도 알 수 있었다.

하지만 이 사람은 자신이 보기에 전혀 상처가 보이지 않았다.

수진의 외삼촌이란 것을 깨닫고 만수파에서 파견한 깡패들을 아직 만나지 못한 줄 알았다.

그게 아니라 만나긴 했는데, 무사하다는 소리.

즉 만수파의 깡패들도 이 사람을 어쩌지 못했단 소리였다.

최신규는 처음보다 더 불안해졌다.

아무래도 일이 엿 같아 진 것 같다는 생각을 했다.

무언지 모르지만 자신이 수렁에 빨려 들어가는 착각을 느끼게 하였다.

일단 상황 파악이라도 해야겠다는 생각에 억지로 용기를 내 물었다.

"그들은 어떻게 됐습니까?"

최신규의 물음에 성환은 다시 한 번 눈을 빛냈다.

자신의 짐작대로 아침에 자신을 습격한 깡패들과 이자가 연관이 있다는 것을 알 수 있었다.

“왜, 궁금해?”

“그렇습니다.”

어느 순간 최신규는 성환에게 존대를 하고 있었다.

그런 최신규를 보며 성환은 차가운 미소를 지어 보이며 답해 주었다.

“아마 조만간 수진이 실종 사건에 대해 경찰이 조사가 들어갈 거야. 그것도 깡패를 동원해 현역 육군 대령을 습격한 일도 함께.”

성환의 현역 육군 대령이라는 말에 최신규는 눈앞이 깜깜해졌다.

비록 지금 군인이야 별거 아니지만 현역 육군 대령이 결코 가벼운 아닌 것이 아니다.

자세한 것은 알지 못하지만 조폭이 영관급 장교를 습격한 예가 지금까지 한 번도 없었다.

그런데 그런 일이 벌어졌다.

만약 이런 사실이 알려지면 이건 뉴스에 나올 만한 일이었다.

그게 조폭의 잘못이든, 아니면 그 영관급 장교의 잘못이든 아무튼 뉴스에 나올 일이다.

그런데 조폭이 습격한 이유가 실종된 조카를 찾으려는 것을 막으려 했다는 것이 밝혀지면 자신 역시 무사하지 못할 것이다.

경찰은 물론 검찰 그리고 어쩌면 군대에서도 뭔가 조사가 나올지도 몰랐다.

아니, 분명 나올 것이 분명했다.

군대에도 그런 조직이 있다는 것을 최신규도 소문으로 들어봤다.

확실히 최신규가 알진 못하지만, 대령이라는 계급은 군에서 단순한 것이 아니다.

이들은 모든 행동을 감시받고 있다.

그게 보호라는 이름으로 포장이 되어 있지만 이들이 어느 곳, 어디를 가고 누구를 만나는 것까지 감시의 대상이다.

만약 이런 감시를 하지 않는다면 군사기밀이 언제 어느 때, 타국으로 넘어갈지 모르기 때문이다.

영관급 장교들이 알고 있는 군사비밀은 군 작전에 아주 중요한 것들이 대부분이기 때문이다.

그런 자세한 것까진 모르지만 들은 것이 있기에 최신규는 자신의 앞날이 걱정이 되었다.

그래서 얼른 성환에게 자신의 입장을 자세히 알렸다.

아니, 이번 수진의 일을 밀고한다는 것이 정확한 표현이었다.

"솔직히 이번 일은 저희 잘못이라기보다 모든 것이 만수파 아들 때문에 벌어진 일입니다."

"만수파?"

"사실, 그렇습니다. 사실 저희 회사가 그렇게 깨끗하다고 말할 수는 없지만, 연예 기획사라면 거의 대부분 이렇게 운영을 합니다. 스폰을……."

최신규는 대한민국 연예계 전반에 대하여 장황하게 설명을 하고, 자신과 같은 영세 기획사는 물론이고 대형 기획사들도 살기 위해서 어쩔 수 없이 그들의 요구를 들어줘야만 한다는 이야기까지, 연예인과 스폰서의 관계 등등 모든 것을 말하였다.

그리고 이번 수진의 실종에 대한 진실도 알렸다.

"수진이를 비롯한 아이들은 저희 회사에서 야심차게 준비했습니다. 그런데 저희 회사는 만수파에 어느 정도 지분이 잠식된 상태라 회사 내에 그들의 부하들이 몇 있습니다. 그들이 수진이를……."

최신규는 아무것도 모르고 있다 뒤늦게 부랴부랴 달려갔지만 이미 일이 벌어졌다는 소리였다.

그래서 그나마 괜찮은 아이들은 단속을 하고, 상태가 심각한 수진인 앞날을 생각해서 이렇게 따로 치료를 하고 있는 중이란 것이었다.

그러면서 한쪽에 굳어 있는 남자를 가리키며 말하였다.

"그래서 저기 저희 회사 연예인들과 연습생들을 전속으로 정기검진을 하는 한강 인사 병원의 이수만 원장을 부른 것입니다."

이곳에 수진이를 데려다 두고 있는 것이 수진의 치료를 위한 일이고, 집에 알리지 않은 것까지 모두 그녀의 미래를 위해서란 변명을 하였다.

성환은 그 말을 100% 믿지 않았다.

다만 이들이 수진이를 치료를 하려고 했다는 것을 알게 되었다.

그것이 자신들의 범죄를 숨기기 위해서였는지, 아니면 정말로 미래를 위해서였는지는 알 수 없었다.

성환은 일단 이수만이란 병원 원장의 입을 통해 사실인지 확인을 하였다.

어느 정도 최신규의 말이 사실이란 것을 알게 되었다.

그는 자신이 최신규 사장의 전화를 받고 약을 가지고 왔다고 하며 자신의 왕진 가방을 보여 주었다.

6.

조카를 찾다

성환은 이들의 처분에 대해 생각해 보았다.

'이자들을 어떻게 할 것인가.'

생각 같아서는 누나와 조카에게 고통을 안겨 준 모두를 찢어 죽여 버리고 싶었다.

하지만 어떻게 보면 이들도 피해자라 할 수 있기 때문에 잠시 망설여졌다.

이들이 민간인이라 그런 생각을 하는 것은 아니다.

성환은 군인으로서 작전에 투입이 되어 군인, 민간인 할 것 없이 죽인적도 있다.

국익이 연관이 되면 군인은 개인의 생각을 하면 안 되게끔 세뇌에 가까운 교육을 받는다.

그렇기에 성환도 특수부대원으로서 여러 나라에 파견을 나가서 비도덕적일들을 벌였다.

하고 싶지 않다고 해서 피하면 자신의 짐까지 다른 대원에게 넘어갔기에, 그땐 개인감정을 죽이고 무감각하게 작전을 수행했었다.

그런 성환이 오히려 더 필요한 때에 감정을 추스르며 고민을 하는 것이다.

'어떻게 하는 것이 최선일까?'

한참을 고민하던 성환은 일단 아직 정신을 차리지 못하고 있는 수진을 정상으로 만드는 것이 급선무라 판단을 하였다.

수진이 정신을 차리지 못하는 것은 아마도 머리에 고인 혈전 때문인 듯하였다.

그래서 일단 그것부터 처리하기로 결심한 성환은 앞에 있는 그들의 혈을 다시 짚었다.

움직이는 그들을 뒤로하고 수진이 있는 방으로 들어가기 전 이들에게 경고하였다.

"이야기는 잘 들었다. 하지만 내가 조사한 바에 의하면 너희도 책임이 아주 없다고는 할 수 없다. 내가 수진이를 보고 난 다음 모든 것을 결정할 것이니 이곳에서 반성들 하고 있어."

성환은 이들이 존중받을 만한 인간들이 못되기에 반말

로 경고를 하고 방으로 들어갔다.

경고를 하고 방으로 들어가는 성환의 뒷모습을 보던 거실에 남은 이들은 두려운 눈으로 자신들의 앞날을 걱정하였다.

그동안 자신들이 이룩했던 모든 것이 한순간 모래성처럼 바닷물에 쓸려 가듯 허물어지는 것이 눈에 보였다.

◈ ◈ ◈

한편 방으로 들어온 성환은 잠에 빠진 수진의 모습을 잠시 들여다보았다.

그러기를 잠시.

결심을 하고는 수진을 덮고 있는 침대보를 거뒀다.

그러자 침대 위 수진이 알몸으로 누워 있었다.

그런 수진의 몸 여기저기 멍든 자국이 보였다.

시간이 흘러 붓기가 많이 빠지기는 하였지만 성환의 눈을 피하진 못했다.

'개자식들! 어떻게 어린 아이에게…….'

속으로 울분을 억지로 삼키며 수진의 몸 이곳저곳을 손으로 짚었다.

성환이 짚은 곳은 인체의 혈들.

몸이 약물 때문에 무척이나 약해졌다.

그래서 성환은 일단 수진의 원기(元氣)를 끌어올리기 위해 혈도를 자극하는 것이었다.

성환의 자극으로 수진의 몸에 기운이 흘러 붉게 달아올랐다.

수진의 몸에 기가 흐르자 준비가 되었음을 느끼고 그녀의 몸을 움직여 결가부좌를 시켰다.

그런 수진의 등 뒤로 가 등에 있는 혈을 자극했다.

등에 있는 혈이 자극을 받자, 달아오른 수진의 원기가 성환의 인도에 따라 운행을 시작하였다.

수진은 이런 수련을 하지 않았기에 조금만 충격을 가해져도 위험할 수 있다.

성환은 최대한 그녀에게 충격이 가지 않게 정신을 집중해 수진의 기를 이끌었다.

그리고 기가 혈맥을 돌면서 어느 정도 세력을 형성하자 본격적으로 치료를 시작하였다.

수진의 몸에서 깨어난 기운은 성환의 인도대로 목을 타고 뇌로 올라갔다.

이때 굳게 닫혀 있던 수진의 입에서 작은 신음을 흘렸다.

"아!"

다행히 아직 깨지는 않았다.

사실 수혈을 짚고 기운을 북돋는 일은 무척이나 위험천

만한 일.

하지만 그렇지 않고는 이런 시도를 할 수 없는 문제라고 가만히 있을 수는 없었다.

최대한 신경을 써 기운을 뒤통수 부근으로 기를 이끌어 혈전을 녹이기 시작하였다.

내공이라는 것은 참으로 신비한 기운이다.

비록 억지로 깨운 기운이지만, 자신의 몸을 살리기 위한 것을 알고 있는지 굳어 있던 혈전을 녹이는데 아주 탁월한 힘을 발휘하였다.

성환은 수진의 원기를 이용해 혈전을 녹이면서도 세심하게 그것들의 움직임을 관찰하였다.

혹시라도 잘못되는 곳은 없는지, 자신이 놓치는 것은 없는지 조심하기 위해서다.

뇌라는 곳은 아직도 인류가 정복하지 못한 분야 중 하나이기 때문이다.

그렇게 얼마나 지났을까.

성환은 굳어 있던 혈전이 모두 녹은 것을 확인하고는 그것들을 내공으로 감싸 어디론가 인도를 하였다.

녹은 혈전은 성환의 인도대로 잘 따라왔다.

그리고 그것은 수진의 코를 통해 밖으로 나왔다.

드디어 수진의 뇌를 압박하던 혈전들이 모두 빠져나오자 수진의 표정이 편해졌다.

성환은 모든 혈전을 빼내고도 운기를 멈추지 않았다.

이번에는 자신의 기운까지 조금 더 수진의 몸에 집어넣고 기운을 수진의 몸 전체에 퍼뜨렸다.

그러자 아까 몸을 검사할 때 수진이 깨어나며 발작을 하는 바람에 잃었던 성환의 내공이 수진의 몸에 남아 있는 것이 포착되었다.

다른 사람의 내공이 몸에 있어 봐야 좋을 것이 없다.

하지만 성환은 자신의 내공을 그냥 회수하지 않고 소진된 원기를 조금이나마 보충하기 위해 아직 자리를 잡지 못한 수진의 기와 함께 일주천(一周天)을 하게 되었다.

혹시라도 자신이 놓친 것은 없는지 확인해 보려는 생각도 있지만, 그보다 수진의 엉망이 된 신체 균형을 맞추기 위해서다.

수진의 치료가 끝나자 성환은 수진을 다시 침대에 눕혔다.

"깨어나면 힘들겠지만, 네가 잘 이겨 낼 것이라 믿는다."

수진의 머리를 사랑스럽다는 듯 쓸어 주고는 검게 썩은 피가 묻은 침대보를 치우고, 장에서 깨끗한 침대보를 꺼내 덮어 주었다.

◈ ◈ ◈

모든 것을 끝내고 성환은 다시 거실로 나왔다.

최진규에게 다가가 그의 몸을 풀어 주었다.

"윽!"

장시간 굳어 있다가 몸이 풀리자 신음을 흘렸다.

그런 최진규를 보며 성환은 차가운 말투로 지시를 내렸다.

"수진이 입을 옷가지를 가지고 와라."

최진규는 일순 당황했다.

자신이 수진이 입는 옷을 어떻게 알고 가져온단 말인가?

"저…… 어떤 옷을 가져와야 합니까?"

성환이 너무도 무서워 목소리가 떨렸다.

지금 최진규는 이미 성환의 기세에 잠식이 되어 감히 그에게 도망치거나 경찰에 신고할 생각도 못하고 있었다.

현재 성환은 엄연히 불법인 가택침입을 한 것이다.

하지만 이런 것도 생각지 못할 정도로 최진규는 정신이 없었다.

물론 알고 있다고 해도 신고를 할 수는 없었겠지만.

"그런 것까지 내가 알려 줘야 하나? 새로 사 오던 아니면 회사에 있는 로커(locker)에 가서 갈아입을 옷을 가져오던 알아서 해야 할 것 아냐!"

성환의 말에 진규는 얼른 대답을 하였다.

"아, 알겠습니다. 다녀오겠습니다."

최진규는 얼른 자리에서 일어나 밖으로 뛰어갔다.

장시간 굳어 있다 갑자기 일어서는 바람에 잠시 현기증을 느끼고 비틀거렸지만 그러거나 말거나 성환은 밖으로 나가는 그에게 경고를 하였다.

"괜히 도망치거나 쓸데없는 짓하지 않길 바란다."

"아, 알겠습니다."

그렇게 진규는 서둘러 밖으로 나갔다.

문이 닫히는 소리가 들리자 집에 남게 된 최신규와 이수만은 침묵이 흐르는 이 순간이 더더욱 두려워졌다.

앞으로 자신들의 미래가 어떻게 될 것인지 너무도 두려웠다.

◈ ◈ ◈

성환이 수진을 치료하고 있던 시각.

샹그릴라 호텔 카지노에서는 난리가 났다.

아니, 카지노가 아닌, 만수파 부장인 김용성 부장실이 난리가 난 것이다.

"아니, 이거 왜 이러시는 겁니까?"

부장실 입구에서 경찰과 만수파 똘마니 간에 실랑이가

벌어지고 있었다.

"안에 김용성 부장이 있는 것 다 알고 왔습니다. 비키세요, 자꾸 이러면 공무 집행 방해로 구속하겠습니다."

경찰들은 이들에게 경고를 하였다.

하지만 만수파 똘마니들은 경찰이 경고를 해도 비킬 생각을 하지 않고 그들을 막으며 시간을 벌고 있었다.

그건 만수파에서 거느린 변호사를 기다리는 중이었다.

조금 더 있음 변호사가 경찰을 상대할 것이니 어떻게든 막고 있는 중이다.

"아, 글쎄 변호사가 올 때가지 기다리시라니까요."

요즘 조폭들도 머리가 참 잘 돌아간다.

타인의 인권을 무시하면서도, 자신들의 권리를 보장받기 위해 변호사를 고용해 경찰이나 검찰을 상대하였다.

그래서 요즘에는 조폭들의 검거율이 많이 떨어지는 실정이었다.

조폭도 머리가 나쁘면 평생 남의 뒤치다꺼리나 하는 신세를 면하지 못한다.

그런 사람의 전형이 바로 경찰에 잡혀간 김성일과 그의 부하들이었다.

그렇지만 이곳에 남아 있는 조직원들은 김성일과 다른 부류였다.

대가리가 돌아가는 놈들이란 소리였다.

가방끈도 길어, 먹물 좀 먹은 놈들은 조폭이면서도 경찰을 상대로 기죽지 않고 느물대며 상대를 하고 있었다.

조폭들이 그렇게 앞을 가로막고 있길 얼마나 했을까?

만수파에서 고용한 변호사가 도착하였다.

"김인수 변호삽니다. 경찰이 뭣 때문에 남의 영업장에 들이닥친 것입니까? 영장 가지고 오셨습니까?"

변호사의 등장으로 분위기는 반전이 되었다.

기세등등하게 이곳을 찾았던 경찰은 잠시 주춤하였다.

일단 영장은 가지고 오지 않았다.

다만 사건이 사건이라 임의 동행을 취하기 위해 나온 것이었다.

그런데 변호사가 등장함으로써 함부로 할 수 없게 되었다.

"어느 분이 책임자입니까? 앞으로 나와 답변을 해 주시기 바랍니다."

김인수 변호사의 말에 주춤하던 경찰 중 한 명이 나서서 대답을 하였다.

"아직 구속영장이 나온 것은 아니지만, 김성일 씨 일에 대한 참고인 조사로 김용성 씨를 찾은 것입니다."

경찰의 말에 김인수 변호사는 눈을 반짝였다.

김성일이라면 자신도 잘 알고 있는 사람이었다.

만수파의 행동 대장 중 한 명이고, 그가 이곳 샹그릴라 카지노 부장인 김용성의 오른팔이란 것을 잘 알고 있었다.
그런데 무엇 때문인지 지금 보니 실내에 오른팔인 김성일이 보이지 않는 것이 조금 의아했는데, 아마도 김부장의 명령으로 어떤 일을 하다 경찰에 붙잡힌 모양이다.
김인수는 경찰의 말에서 어느 정도 사건의 정황을 깨달은 직후 자신이 해야 할 일을 알게 되었다.
"아니, 김성일 씨 일로 뭐 때문에 그러는 것인지는 모르지만, 영장도 없이 이렇게 막무가내로 들어와도 되는 것입니까? 이곳 영업장이 이번 소란으로 손실을 입는다면 책임지실 겁니까?"
뭔가 말이 되지 않는 소리.
하지만 변호사가 말을 하는 또 그럴 듯하게 들렸다.
경찰을 적이 당황하여 어찌할 바를 몰라 주저하였다.
하지만 이번 만수파가 벌인 일이 결코 간단한 일이 아니기에 경찰도 단단히 마음을 먹었다.
"그건 알아서 하시고, 일단 임의 동행으로 김용성 씨를 경찰서로 데려가야겠습니다."
일개 경장이 이렇게 강경하게 대답하자 김인수는 자신이 생각보다 일이 심각함을 깨달았다.
"무슨 일인지 모르지만 일단 나도 동행할 것이니 그렇게 아시오."
김인수는 한 발 물러나 경찰들이 김용성을 경찰서로 데

려가는 것을 막지 못하고 함께 동행 하는 것으로 하였다.

아직 자세한 내막을 모르니 한발 물러 난 것이다.

◈ ◈ ◈

경찰서에 도착한 김용성과 김인수는 무엇 때문인지 경찰서의 분위기가 예전과 다르단 생각이 들었다.

모든 조폭들이 그렇듯 만수파도 많은 곳에 로비를 하고 있었다.

자신들의 사업이 원활하게 돌아가게 하기 위해선 기름칠이 필요한데, 경찰서도 빠질 수 없는 곳이었다.

비록 이곳이 만수파 구역에 있는 곳은 아니지만, 다리 건너 알음알음 인사를 하고 있었다.

그 이유는 만수파가 운영하는 술집들에 대한 단속이 벌어질 때, 해당 구역의 경찰이 움직이는 것이 아니라 인근 지역 경찰서에서 단속 요원이 뜨는 것이다.

이는 상인과 관할 경찰들 간에 유착을 방지하기 위한 조치.

하지만 날로 지능화되는 범죄자들에겐 그런 방법도 금방 무용지물로 만들어 버렸다.

돈으로 되지 않는 것이 없듯, 부정한 일부 경찰들에 의해 단속을 하는 지역 담당 경찰들이 근무하는 곳이 알려진 것이다.

관할 구역이 아니더라도 많은 불법을 저지르는 단체들이 책상물림 하는 공무원들 위에서 한 발 먼저 나갔다.

즉, 이곳 경찰서도 만수파 돈이 들어간 곳이란 소리였다.

전에 들렀을 때완 다르게 자신을 보고도 데면데면 하는 경찰들의 모습에 뭔가 잘못되고 있다는 것을 알 수 있었다.

"이 형사님, 잘 지내시죠?"

"아, 제가 좀 바빠서……."

평소 알고 있는 형사는 정보라도 알아보려 말을 걸자 서둘러 자리를 피했다.

의아한 얼굴로 밖으로 나가는 그를 쳐다보았다.

하지만 그것도 잠시 경찰서 안엔 그 말고도 자신이 알고 있는 얼굴이 많았다.

카지노 지배인으로 있으면서 수시로 자신이 관리하고 있는 업소에 와 용돈을 받아 가는 형사들.

김용성은 다른 사람에게 다가갔다.

"아니, 김 형사님. 무슨 일이 있습니까?"

자신이 아는 형사에게 가려하자 누군가 그를 만류했다.

"거기 김용성 씨, 시끄럽게 하지 말고 이쪽으로 오세요."

김용성은 고개를 돌려 그를 쳐다보았다.

그곳에는 자신도 알고 있는 이가 자신을 굳은 얼굴로

쳐다보고 있었다.

"아, 김 반장님이 계셨군요."

형사 반장에게 다가갔다.

그런 김용성의 옆에 김인수 변호사도 함께 갔다.

변호사는 움직이면서도 주변을 살피는 것을 게을리하지 않았다.

'아, 시팔! 이 새끼들 뭔 짓을 벌였기에 분위기가 이따위야!'

김인수는 주변을 살피다 자신과 김용성을 보는 경찰들의 눈빛이 예사롭지 않은 것에 바짝 긴장을 하였다.

이쯤 되자 김용성도 분위기가 심상치 않다는 것을 깨닫고 긴장을 하였다.

"무슨 일로 절 부른 겁니까?"

김용성은 단도직입적으로 물었다.

그런 김용성의 모습에 반장은 굳은 표정으로 그에게 사진 한 장을 내밀었다.

사진을 본 김용성은 눈을 크게 떴다.

그곳에 어제 오늘 자신이 김성일에게 작업을 지시했던 사람의 사진이 놓여 있었기 때문이다.

"……이게 뭡니까?"

용성은 내심을 숨기고 이게 무언지 물었다.

그런 용성을 보며 형사 반장은 억양 없는 말투로 대답

을 하였다.

"오늘 김용성 씨 부하인 김성일 씨가 사고를 쳤다가 현장에서 붙잡혔습니다."

형사 반장의 말에 김용성은 자신도 모르게 신음을 하였다.

하지만 그건 너무도 짧은 순간이었기에 바로 옆자리에 있는 김인수만 들을 수 있었다.

김인수는 뭔가 있다는 확신을 가지게 되었다.

그리고 그 문제가 뭔지 김인수도 금방 짐작 할 수 있었다.

자신은 이런 문제를 해결하기 위해 만수파에서 고용한 변호사였기 때문이다.

"김 부장님은 모르는 사진이라고 하는데, 그걸 보여 주시는 이유가 뭡니까?"

김인수의 물음에 형사 반장은 시선을 김인수에게 옮겼다.

"별거 아닙니다. 실종된 조카를 찾는 현역 군인을 김용성 씨의 부하인 김성일 씨가 부하들과 습격을 하다 잡힌 사건입니다."

별거 아니란 듯 말을 했지만 김인수의 귀에 이상하게 들렸다.

마치 '너희 상대를 잘못 건드렸다' 라고 말하는 것처럼 들린 건 착가일까.

조금 더 정보를 알아내기 위해 김인수는 다른 말을 하였다.

"아니, 김성일 씨가 벌인 일을 왜 김 부장님께 물어보는 것인지 전 이해가 가지 않는데요."

"뭐 변호사님은 이해하지 못하겠지만 김용성 씨께서는 짐작하시고 계실 것 같은데요? 아닙니까?"

형사 반장의 느물거리는 질문에 김용성은 눈을 차갑게 하며 물었다.

"전 모르는 일입니다. 누가 그럽니까? 제가 그 일과 관련이 있다고."

"왜 흥분하시고 그럽니까? 전 그 일과 관계있다고 말씀드리지 않았는데 말입니다."

반장의 말에 자신이 흥분했다는 생각에 얼른 입을 닫은 용성은 일단 성일이 어떻게 된 것인지 궁금해졌다.

자신이 아는 김성일은 절대로 경찰에 잡혔다고 순순히 자신의 일을 발설할 인물이 아니었다.

"그런데 사고를 친 김성일이는 어디 있습니까? 면회 가능합니까?"

용성은 일단 성일의 일을 알아야 했다.

"그건 조금 힘들 것입니다."

"아니, 그게 무슨 말이죠?"

힘들다는 말에 변호사인 김인수가 나서서 물었다.

그런 김인수의 모습에 반장은 별거 아니란 투로 말해 주었다.

"김성일 씨는 현재 병원에 입원 중입니다. 그리고 아마 각오하셔야 할 겁니다."

김성일이 병원에 입원했다는 말에 놀라다 갑자기 각오해야 한다는 형사 반장의 말에 고개를 들어 그의 얼굴을 쳐다보았다.

"지금 제 의뢰인을 협박하시는 겁니까?"

김인수 변호사는 형사 반장이 용성을 보며 협박하듯 각오하라는 말을 하자 큰소리를 치며 나섰다.

하지만 뒤 이은 형사 반장의 말에 흠칫 놀랐다.

"훗, 지금까지 잘도 빠져나갔지만 아마도 상대를 잘못 건들인 것 같아, 김용성 씨. 큭큭!"

용성은 형사 반장의 말이 너무나 황당하게 들렸다.

그 단순무식한 단무지가 병원에 입원을 했단다.

겨우 군바리 한 명을 작업하러 나갔는데, 전원이 부상을 당하고 김성일은 입원까지 했다.

아무리 자신들이 조폭이라 하지만 그 정도면 과잉 방어로 그 군바리가 형사 입건이 되야 할 사건이다.

하지만 형사 반장의 말에 용성은 갈피를 잡지 못했다.

이때 용성의 옆에 있던 김인수는 얼른 형사 반장의 말을 받았다.

"그럼 그 사람은 어디 있습니까? 김성일 씨와 그 일행을 폭행한 사람은 어디에 있는 겁니까? 빨리 불러 주시기 바랍니다."

인수는 대한민국 법이란 것이 참으로 요상해서 폭력 사건에 정당방위란 것은 성립이 되지 않는다.

보통 쌍방과실 정도로 처리가 되는데, 이때 어느 한쪽이 많은 피해를 입으면 또 이야기가 달라진다.

한쪽이 일방적으로 맞았을 땐 과잉 방어라 하여, 최초의 원인 제공자라 하여도 오히려 피해자가 가해자가 되는 아주 요상한 곳이 대한민국의 법.

그랬기에 인수는 어떻게 든 상대를 엮어 넣기 위해 그와 대화를 시도하려는 것이다.

경찰이 군인을 상대로 했다고 하니 아마도 휴가 나왔다가 동기들과 함께 단체로 폭행을 했을 것이란 생각 때문이다.

인수의 머릿속에는 이번 사건의 정황이 그려졌다.

아마 만수파에 의뢰가 들어와 행동 대장인 김성일이 그의 동생들과 군인을 폭행하려고 덮쳤으나, 하필 그 자리에 그 군인의 동료들이 있어 집단 난투를 벌였을 것이다, 라는 것이 김인수가 상상하는 사건 개요였다.

그런데 잠시 뒤 들려온 말은 김인수의 예상을 빗나가게 하였다.

"그분이 한가한 분인 줄 아시오? 아직 조사가 덜 끝나 증거가 불충분해서 이렇게 참고인 조사만 하는 것이지, 그분 말대로 만약 미성년자 실종 사건과 만수파가 연관이 있다면 아마 각오해야 할 것이오."

형사 반장의 으름장에 김인수도 잠시 움찔하였다.

처음 샹그릴라 카지노의 직원에게서 전화가 왔을 때만 해도 경찰이 부당하게 의뢰인을 대우하는 것을 경고하기 위해 나왔다.

그런데 경찰서에 들어와 이야기를 듣고 보니 뭔가 이상하게 흐르고 있다는 것을 깨달았다.

아무리 경찰과 조폭이 쫓고 쫓기는 관계라 하지만, 현대에 와서는 서로 적당히 거리를 유지하며 공생을 하는 관계다.

비록 그것이 불법이긴 하지만 어쩌겠는가?

사건은 많고 인력은 부족하니 서로 적당히 양보를 하며 관계를 유지하는 것이 서로에게 좋은 일이니 말이다.

조폭은 날로 지능화되어 높은 자리에 있는 이들까지 로비를 통해 작금에 와서는 일선 형사 반장이나 경찰서장쯤 장기판 졸(卒) 정도로 생각하는 이들도 있으니 조심할 수밖에 없다.

그런데 오늘은 무슨 일인지 형사들이 날을 세우고 만수파의 김 부장을 대하고 있었다.

막말로 그동안 자신들에게 받아먹은 것만 밝혀져도 몇 명은 옷을 벗을 수도 있는데 그걸 두려워하지 않고 있다.

일단 정보가 없으니 김인수는 용성에게 귓속말로 일단 부인하고 부하들과 어떻게 된 일인지 먼저 이야기를 들어 보라고 조언을 하였다.

“김 부장님, 일단 여기선 아는 바가 없다고 하시고 현장에 있던 사람에게 정황을 듣고 대책을 마련해야겠습니다.”

김용성은 변호사의 말에 고개를 끄덕였다.

용성도 지금 일어나고 있는 일에 대하여 자세한 정보가 없기에 어떻게 대처를 해야 할지 결단이 서지 않았다.

아무래도 자신이 가볍게 생각한 그 군인이 결코 단순한 사람이 아니란 생각이 들었다.

그리고 그에 대하여 좀 더 자세히 알아봐야 할 것이라 생각했다.

◈ ◈ ◈

참고인 조사를 마치고 경찰서를 나온 용성과 김인수 변호사는 성일이 입원해 있다는 누리 병원으로 향했다.

물론 성일에게 가기 전 부상이 가벼운 동생들이 치료를 받고 유치장에 돌아와 있어 간단하게 그들과 면담을 했다.

그리고 그들에게 들은 것은 무척이나 황당한 소리였다.
단 한 사람에게 당했다는 소리를 듣고 용성은 물론이고 김인수 변호사도 놀라 아무 소리도 못했다.
동생들을 입 단속시키고 경찰서를 나온 용성은 일단 부상이 심해 입원해 있다는 곳을 들렸다.
그리고 용성과 김인수가 본 것은 꼭 연체동물을 침대에 올려놓은 것 마냥 늘어져 있는 성일의 모습이었다.
분명 정신은 있어 자신을 보고 있는데, 말을 하기는커녕 자신의 몸을 가누지 못하고 있는 김성일의 모습을 보고 있노라면 등에 한줄기 소름이 스치고 지나갔다.
정말이지 죽는 것이 더 나을 것처럼 처참한 모습이었다.
자신의 밑에 있던 동생이 이런 처참한 모습을 하고 있는 것에 꺼림칙하기는 하지만 그렇다고 이대로 두고 볼 수만은 없었다.
이젠 M&S엔터의 최신규 사장의 부탁이 아니라 자신의 체면 때문이라도 이대로 사건을 덮을 수 없게 되었다.
조폭이 깨졌다고 뒤로 물러나면 주변에서 가만두지 않기 때문이다.
"네 복수는 해 줄 테니 걱정하지 말고 쉬어라."
용성은 그렇게 침대에 있는 성일을 향해 말하고 병원을 나섰다.

◈ ◈ ◈

"성일이가 깨졌습니다."

용성은 사무실로 들어가 보고를 하였다.

김용성의 보고를 받은 최진혁은 보던 결재 서류를 미루고 고개를 들었다.

"그게 무슨 말이지?"

아무런 억양도 없는 최진혁의 말에 그가 화가 났다는 것을 깨달은 김용성은 차분하게 오늘 있었던 일을 보고했다.

"그게 어제 M&S엔터의 최 사장이 부탁한 일을……. 그런데 작업을 나갔던 성일이 입원을 하고, 나머지는 경찰에 잡혀 들어갔습니다."

최진혁은 무언가 생각하더니 용성에게 물었다.

"우리 조직 행동 대장과 조직원들이 군바리 하나 처리 못해 병신이 되고 붙잡혀 경찰에 연행이 되?"

하도 기가 막혔는지 최진혁은 따졌다.

하지만 용성도 그자를 보지 못한 관계로 정확한 판단을 내릴 수 없었다.

동생들에게서 한 명이라고 들었다.

무슨 괴물도 아니고 연장을 들고 습격을 했는데, 오히

려 당한 것은 자신의 동생들이었다.

"흠, 그 최 사장에게 얘기해서 좀 더 알아봐!"

"알겠습니다."

최진혁은 갑자기 머리가 아파왔다.

쓰레기 같은 놈이 벌인 일 때문에 쓸 만한 조직원이 병신이 되어 버렸고, 또 몇몇은 경찰서에 입건이 되었다.

◈ ◈ ◈

한양 진강 병원의 한 병실에서 한바탕 소란이 있었다.

"성환아, 그게 정말이냐? 우리 수진이 찾았다는 게 정말이야?"

"그렇다니까, 그러니 진정하고……."

"아니야! 거기가 어디야 어서 우리 아기 봐야겠다, 앞장서!"

성환의 누나는 맞고 있던 링거의 바늘을 억지로 빼고 자리에서 일어났다.

하지만 몸이 아직 괜찮아진 것이 아니기에 퇴원이 불가능하다는 의사의 소견이 있었다.

성환은 억지로 누나를 침대에 눕게 하고 차분히 설명했다.

"큰일을 겪어 아직 안정이 필요하다고 하니, 누나도 얼른 몸을 추슬러야 수진이를 돌보지."

"흑흑흑, 우리 아기……."

자신의 몸 상태 때문에 딸의 곁에 가지 못한다는 소리에 성희는 그렇게 서럽게 울었다.

딸을 한 달여 만에 찾은 금쪽같은 딸인데, 무슨 일이 있었으면 동생이 자신에게 딸을 보여 주지 않으려는 것인지 걱정이 되었다.

성환은 누나를 달래고 다시 병원을 나섰다.

다시 수진을 보러가기 위해서였다.

M&S엔터의 전속인 이수만 원장의 병원으로 향했다.

그의 병원에 입원시킨 것은 일단 수진이 아직 M&S엔터 소속이고, 치료비 일체를 그곳에서 지불하기로 했기에 입원을 시킨 것도 작은 이유이지만 일단 그녀를 숨기기 위한 것이다.

백주대낮에 도로에서 차량을 이용해 습격을 하는 것이나, 그들이 다른 사람들의 시선을 신경 쓰지 않는 것으로 봐서는 간단한 이들이 아니라 판단을 하여 이런 조치를 했다.

막말로 일반 병원에 입원을 시켰다가는 언제 어떤 일을 당할지 모르기 때문이다.

마음 같아서는 누나도 병원을 옮기고 싶지만 건강 상태가 너무 나빠 그러지 못했다.

◈ ◈ ◈

성환이 이렇게 누나와 조카의 병원을 오가고 있을 때, M&S엔터의 사장인 최신규는 고민을 하고 있었다.

'제길, 정말로 자수를 하면 괜찮을까? 만수파나 그 일에 연관된 사람들이 날 가만두지 않을 텐데…….'

지금 최신규는 수진의 외삼촌이란 사람의 말을 들을 것인지, 아니면 그냥 눈 딱 감고 그 말을 무시할 것인지 고민 중이다.

정말이지 최신규는 사람 같지 않은 능력으로 자신을 농락했던 그가 너무도 두려웠다.

하지만 그렇다고 만수파가 두렵지 않은 것도 아니다.

이러지도, 저러지도 못하고 이렇게 고민하는 중이다.

'군인이라고 하던데…… 분명 지금 휴가를 나온 상태인 것 같고, 그냥 당분간 잠수탈까?'

하지만 이상하게 그랬다가는 영원히 이 세상에서 잠수를 할 것 같다는 생각이 들었다.

너무도 황당한 능력을 보여 준 성환에게서 감히 도망칠 생각을 못했다.

그렇다고 경찰서에 자수를 하고 사건의 내용을 자신의 입으로 토설을 하자니 만수파의 보복이 또 두려워졌다.

정말이지 최신규의 입장에선 진퇴양난이었다.

최신규는 그렇게 자신의 사무실에서 집에도 들어가지 않고 밤새 고민을 하였다.

◈ ◈ ◈

우당탕!

최종혁은 오늘도 친구들과 진탕 술을 마시고 들어왔다.

그런데 자신의 방으로 들어가려는데, 누군가의 공격에 무방비로 맞아 바닥을 굴렀다.

그리고 고개를 들어 자신을 때린 사람을 확인하고 그가 자신의 배다른 형이란 것을 알고 소리를 질렀다.

"아, 시팔! 왜 때려!"

최종혁의 넘어지는 소리와 그가 지른 고함 소리에 집이 울렸다.

이 때문에 안방에 있던 만수파 두목인 최만수와 그의 부인이 소란 때문에 밖으로 나왔다.

"무슨 일이야! 뭔데 이렇게 소란스러워?"

아버지의 물음에 최진혁은 잠시 자신을 노려보는 최종혁을 보다 고개를 돌려 아버지에게 대답하였다.

"저 새끼 때문에 지금 조직이 어떻게 되고 있는지 아세요?"

"무슨 일인데, 하나밖에 없는 동생을 때려?"

"아버지가 하도 감싸기만 하니 저 새끼가 천지분간 못하고 사고를 치는 것 아닙니까?"

"넌 그게 무슨 말버릇이니, 아버지께."

최만수와 함께 방에서 나온 여인이 최진혁을 나무라며 쓰러진 최종혁을 걱정스런 눈빛으로 쳐다보며 말을 하였다.

이 여인이 바로 최종혁의 친모이자 만수파 두목인 최만수가 사랑에 마지않는 둘째 부인이었다.

즉, 최진혁에게는 계모인 것이다.

계모의 말에 최진혁은 콧방귀를 뀌며 말을 하였다.

"그래, 그 잘난 아들이 뭘 하고 다니는지 알고 있습니까?"

너무나 막 나가는 최진혁의 모습에 계모는 잠시 주춤했다.

막말로 최진혁이 막 나가기로 작정을 한다면, 이곳에서 자신을 지켜 줄 수 있는 사람은 남편인 최만수뿐이었다.

하지만 최만수도 예전의 그가 아니었다.

하나둘 큰아들인 최진혁에게 사업을 물려주고 뒤로 물러나려고 하고 있는 중이라 이주희는 앞날이 걱정이 되었다.

"도대체 무슨 일이기에 이렇게 난리야!"

"하! 저 새끼가 한 달 전인가 사고를 아주 대차게 쳤더란 말입니다."

"뭔 사고?"

"그러니까……."

최진혁은 M&S엔터의 최 사장에게 들었던 이야기를

그대로 들려주었다.

하지만 고슴도치도 제 자식이 예쁘다 했던가?

그 이야기를 듣고도 최만수나 이주희는 별일 아니란 표정을 짓고 있었다.

"그게 어쨌다고? 최 사장이 주제도 모르고 네게 뭐라 그러던?"

최만수는 오히려 피해자인 최신규의 이름을 들먹이며 물었다.

그런 최만수의 모습에 오늘 있던 이야기를 들려주었다.

"그런 것이 아니라 아무래도 일이 요상하게 돌아가고 있어 그럽니다. 최 사장이 어제 찾아와 그때 일을 당한 아이의 외삼촌이란 자가 찾아 왔다고……."

다시 시작된 최진혁의 설명에 한참 듣고 있던 최만수는 이 일이 간단한 일이 아니란 느낌을 받았다.

오랜 시간 뒷 세계에 자리를 잡고 있으면서 매번 위기가 찾아오곤 하였다.

그럴 때마다 최만수는 그 위기를 기회로 삼아 잘 넘겼다.

그리고 막대한 이익을 보았다.

그가 전면에 나서기 시작한 20년 전부터 지금까지 그가 자리 잡은 압구정과 청담동을 넘보는 조직은 수두룩하였다.

인근에 있는 신사장파가 그랬고, 강북의 한남파가 그랬다.

위기가 닥치면 그럴 때마다 기지를 발휘해 그들을 굴복시키고 암중으로 그들의 사업권을 인수하였다.

현재 서울의 세력도를 보면 최만수의 만수파가 차지하는 비중은 그리 크지 않았다.

하지만 시질적으로는 달랐다.

만수파는 겉보기에만 작게 강남의 일부를 차지한 것으로 보이지만, 실상은 서울의 노른자위를 차지하고 있었다.

그것도 겉으로는 별 볼 일 없이 강남 일부에 기생하고 있는 것처럼 포장을 하고 있지만 말이다.

그런 세력을 만들기까지 갖은 고난과 역경을 헤쳐 나왔다.

그런데 오랜만에 초창기 어렵던 시절 거대 세력이 함정을 파고 기다리던 때처럼 위험한 촉이 왔다.

“그래, 넌 어떻게 하라고 지시를 내렸냐?”

“그자를 좀 더 알아봐야 한다는 생각에 하던 일을 중단하고 일단 조사를 지시했습니다.”

“젠장, 애들 교육은 어떻게 시키고 있기에 한 명에게 일곱 놈이나 몰려가서 병신이 되도록 두들겨 맞아, 맞기는.”

한편 옷을 갈아입고 오늘도 한바탕 뛰러 가려던 최종혁은 형에게 맞은 것이 너무나 억울했다.

아버지와 이야기를 하고 있는 형을 보며 눈을 반짝였다.

‘지금은 참지만 어디 언제까지 네가 내게 이럴 수 있는지 두고 보자!’

최종혁은 어려서부터 진혁에게 괴롭힘을 당한 것이 한이 되었다.

비록 아버지의 사랑을 듬뿍 받고 있긴 하지만 아버지의 관심은 언제나 조직이었다.

그런 아버지에게 자신도 능력이 있다는 것을 보이고 싶어 형처럼 사업장을 달라고 한 적도 있었다.

하지만 아버지는 그저 웃으며 그런 일은 신경 쓰지 말라고만 할 뿐이었다.

그러면 그럴수록 최종혁은 아버지의 사업을 형이 모두 차지할지도 모른다는 생각을 하였다.

지금도 무슨 일이 벌어지고 있는지 모르지만 집으로 들어오다 맞았는데도 아버지는 처음만 화내는 척했을 뿐, 결국 형을 혼내지 않았다.

입으로는 가족의 화목을 말하지만 아버지도 이젠 늙었는지 예전과 많이 달라졌다.

이런 생각을 하는 최종혁은 영화에서처럼 기회가 되면 형을 처리하고 그의 자리를 차지할 결심을 진즉부터 하고 있었다.

참 사갈(蛇蝎)이 형님, 소리할 심성을 가진 최종혁이었다.

7.

사건을 받아들이는 반응들

월요일 아침 대한민국은 한 가지 사건으로 무척이나 시끄러웠다.

한 소형 연예 기획사의 사장이 경찰 조사를 받은 일 때문이었다.

사실 그가 경찰 조사를 받는다는 것이 이슈를 불러일으킨 것이 아니라 그가 조사 받는 중 증언한 내용이 일파만파 커졌다.

처음은 단순한 연예인을 꿈꾸는 연습생의 실종 사건이 시작이었다.

그런데 그 사건이 연습생의 실종 사건이 아니라 납치, 약물 중독 및 성폭행이란 것 때문이었다.

더군다나 대상이 미성년자라는 것이 일을 더욱 크게 확대시켰다.

처음에는 또 흔한 연예계 성상납 사건인 줄 알고 그렇게 관심을 크게 끌지 못했다.

연예 기획사에서 신인을 데뷔시키기 전 성상납을 했다가 일이 약속대로 이루어지지 않자 터뜨린 사건쯤으로 생각했다.

하지만 그게 아니란 것이 곧 밝혀졌다.

이는 성상납과 전혀 상관없는 납치 사건이었다.

물론 아주 관계가 없지만은 않았다.

넓게 보면 그 기획사가 전부터 조폭들과 연관이 있다는 것이 암암리에 전해졌다.

그리고 그 회사에서 신인을 데뷔시킬 때 종종 성상납을 해 왔다는 것도 공공연한 비밀이었다.

하지만 이번만은 아니라고 발표를 하였다.

음지에서 양지로 진출하려는 조폭 출신 사업가가 투자를 하고 있었는데, 그 일환으로 직원들을 연예인 매니저로 등용을 했단다.

그런데 그 조폭 출신 매니저가 데뷔 준비를 하는 연습생을 불러내 자신의 상급자에게 잘 보이기 위해 보스 아들의 생일 파티에 강제로 데려갔다.

생일 파티 중 약에 취한 이들은 데뷔를 준비 중이던 연습생들에게 강제로 약을 먹여 성폭행을 했다는 것이다.

이런 정황을 뒤늦게 알게 된 기획사 사장은 부랴부랴 사건을 수습하기 위해 연습생들을 그곳에서 데려왔지만 다른 멤버들은 충격을 받기는 했지만 곧 정신을 차렸다고 한다.

하지만 나이가 어린 연습생 한 명이 너무 많은 약에 취해 정신을 못 차려 그것을 치료하기 위해 집에 알리지 않고 데리고 있던 것이 시간이 오래 지체되면서 실종 사건으로 번졌다는 것이다.

물론 이 과정에서 피해자의 부모에게 진실을 알리지 않은 것에 대한 죄를 달게 받겠다는 대표의 말에 기획사에 쏟아지던 비난은 줄어들었다.

그런데 그대로 묻일 수도 있었던 사건이 알려진 것에 의문을 가지던 네티즌들은 사건을 조금 더 깊이 조사를 했다.

그리고 그 사건의 중심에 피해자의 친척이 있다는 것이 알려지게 되었다.

하지만 어찌 된 것인지 그 사람에 관해서는 아무리 조사를 해도 나오는 것이 없었다.

이 때문에 소문이 진실이다, 아니다 하는 진실 공방이 있었지만 어찌 되었든 이 사건에 관심을 가지고 지켜보던 사람들은 네티즌 수사대의 조사에 흥분했다.

연예계 성상납이 공공연한 비밀이라고 하지만 자신이 좋아하는, 사랑하는 스타가 그런 일을 겪었다고 생각만 해도 화가 나는 일이다.

그런데 이제 겨우 17—8살의 어린 학생들이 조직폭력배에게 납치되어 강제로 꿈도 이루어 보지 못하고 그런 일을 겪은 것에 공분을 사게 되었다.

특히나 자식을 둔 부모들의 분노는 경찰과 검찰에 대대적인 수사를 촉구하기에 이르렀다.

◈ ◈ ◈

중앙지검 207호 검사실.

검사 황미영은 자신에게 떨어진 사건을 들고 천천히 살펴보고 있었다.

"음……."

미영은 사건의 개요를 밤은 서류를 읽을 때마다 분노를 참기위해 어금니를 꽉 깨물어야 했다.

자신도 출근을 하면서 라디오 뉴스를 통해 내용을 들었다.

그러면서 뉴스를 들을 때 이런 사건이 자신에게 떨어진다면 관계자를 아주 철저하게 털어 법의 심판을 받게 하겠다는 생각을 했었다.

그런데 하늘의 뜻인지 사건이 자신의 손에 떨어졌다.

상급자인 부장 검사에게 사건을 전달 받았을 때는 자신도 모르게 전율을 느꼈다.

운명과 같은 느낌을 받았기 때문이다.

사건을 받아 자신의 검사실에서 사건을 검토하고 있는데, 그 내용이 참 가관도 아니었다.

그런데 사건을 읽어 가면서 이해가 가지 않는 부분이 있었다.

내용을 보면 사건을 일으킨 사람이 유명한 조직폭력배 두목의 아들이 연관이 되어 있었다.

조폭 두목의 아들과 연관된 사건이라면 일이 잘 해결이 되도 신고를 한 이들이 보복을 당할 위험이 있었다.

그런데 증언을 한 연예 기획사 사장은 그런 것도 두렵지 않은지 경찰서에 출두하여 자수를 하였다.

그는 현재 경찰서에 구금이 되어 있는 상태였다.

물론 자수를 한 것도 있고, 또 피해자를 보호하기 위한 조치를 취한 정황이 있기에 법의 처벌을 받더라고 경미한 처벌을 받을 것이 분명했다.

하지만 조폭의 보복은 법의 심판과는 다른 것이다.

그런데 보복을 두려워하지 않고 이렇게 나선 것이 미영은 선 듯 이해가 가지 않았다.

미영이 자신이 놓친 것이 무언가 생각을 하며 피해자의

인적 사항을 조금 더 자세히 읽어 보기 시작했다.

그리고 그 속에서 자신이 너무나 잘 알고 있는 이름을 찾아냈다.

한때 자신과 연인 관계에 있다가 자신의 잘못으로 결별한 남자의 이름이 그곳에 있던 것이다.

그런데 이상한 것은 경찰 조사서에 그 사람에 관한 것은 비밀 등급의 도장이 찍혀 있었다.

미영은 너무도 이상해 자신의 컴퓨터로 성환에 대한 신원조회를 해 보았다.

하지만 검찰청 부부장 검사라는 직위로는 접근이 힘들었다.

이는 성환에 대하여 숨기기 위해 국군 정보사령부에서 접근을 차단했기 때문이다.

성환에 관한 정보를 취득하려면 특급 비밀 취급 인가증을 발부 받아야 한다.

그만큼 성환이 가진 가치를 정보사령부에서 정확히 보고 있기 때문이다.

물론 그 가치를 가장 먼저 알게 된 것은 성환의 동기인 최세창 중령이었다.

사건이 일어나고 성환이 조카를 찾기 위해 움직이면서 그 심각성을 깨달은 최세창 중령은 급하게 정보사령부에 상신해 성환에 대한 보안 등급 상승과 정보의 유출을 차단했다.

아무튼 성환에 대한 접근이 막히자 미영은 일단 경찰이 넘겨 준 조사서를 자세히 읽기 시작했다.

한참 내용을 읽다 주변에 있는 보조 검사와 수사관들을 바라보며 말을 꺼냈다.

“다들 내용 읽어 봤지?”

“예, 선배님.”

“네!”

“이번 사건은 국민의 관심이 집중된 사건이야! 특히나 만수파와 진원파 등 조폭뿐 아니라 정관계 자식들까지 관련된 사건이니 아주 철저히 준비를 하지 않으면 우리가 곤란해져, 알았지?”

미영은 자신을 주시하는 검사와 수사관들에게 주의를 주며 지시를 내렸다.

“박 검사는 이민호 수사관하고 같이 강남 경찰서에 가서 M&S엔터 사장의 신변을 확보해 와.”

검사와 수사관, 두 명은 미영의 말에 두 사람은 대답을 하고 바로 자리에서 일어났다.

“알겠습니다.”

두 사람이 나가고 미영은 남은 사람들을 쳐다보며 다른 지시를 내렸다.

“박태민 수사관은 자료실에 가서 만수파에 대한 모든

자료 가져와."

다른 사람에게 지시를 내리다 무슨 생각이 났는지 밖으로 나가는 이민호 수사관에게 또 다른 지시를 내렸다.

"참 이민호 수사관은 경찰에 가서 M&S엔터에 관한 것도 좀 알아보고 자료도 가져와."

"알겠습니다, 걱정 붙들어 매십시오."

미영을 비롯해 수사관들의 행보가 바빠졌다.

이번 사건의 핵심인 M&S엔터와 만수파의 관계에 대하여 철저히 수사를 해야 했다.

그리고 만수파가 관련이 된 사건이기에 작은 실수가 있다면 그들은 자신들의 뒷배를 이용해 작은 피라미만 몇 마리를 희생양으로 던지고 빠져나갈 것이 분명했다.

◈ ◈ ◈

검찰이 철저히 준비를 하고 있을 때, 만수파에서도 난리가 났다.

두목의 둘째 아들이 사고를 쳤는데, 그것 때문에 경찰은 물론이고 검찰에서도 수사가 이루어진다는 소식을 들었기 때문이다.

샹그릴라 호텔 사장실, 사장 최만수는 카지노의 지배인인 김용성 부장과 자신의 첫째 아들인 최진혁과 대책 회의를 하고 있었다.

"이제 어떻게 할 거냐?"

최만수는 일단 자신의 둘째에 관한 문제라 신중하게 물었다.

자신이 아무리 만수파 두목이라고 하지만 조직이 작을 때와는 다르게 이젠 마음대로 움직일 수 없었다.

만수파가 이젠 구멍 가게도 아니고 언제까지 주먹구구식으로 운영을 할 수가 없게 되었다.

덩치가 커지면 그만한 역량을 가져야 도태되지 않고 발전할 수 있는 것이다.

일반 조직이 이런 과정에서 성장과 도태를 하는데, 만수파는 이를 잘 극복하였다.

조직은 이렇게 성장을 할 때 두 가지로 발전을 모색한다.

하나는 더욱 강력한 지배력으로 모든 것을 찍어 눌러 불만이 생기지 않게 하는 것이다.

그리고 다른 하나는 적당히 권력을 이양하는 것이다.

즉 기존에 있던 중간 간부들에게 적당한 구역을 나눠주어 그곳에서는 자신 외의 다른 조직 간부도 터치하지 못할 권한을 주는 것이다.

한마디로 소두목을 두는 것이다.

그렇게 함으로써 소두목은 자신의 구역을 키우기 위해

노력을 한다.

물론 이렇게 한다면 나중에 커진 소두목에게 뒤통수를 맞을 수도 있지만 그것이 무서워 권력을 한 손에 잡고 있다면 그 전에 조직이 와해될 수도 있다.

만수파는 두 번째 방법을 사용했는데, 그렇다고 전적으로 소두목을 믿어서 그런 권력을 나눠 준 것은 아니다.

그 소두목들을 관리하기 위해 최만수는 머리가 잘 돌아가는 자신의 장남에게 많은 권한을 주었다.

소두목들이 감히 반란을 일으키지 못하게 감찰하는 자리를 준 것이다.

반란을 하려는 작은 조짐만 보여도 본보기로 아주 잔인하게 보복을 했다.

그럼으로써 조직의 단결을 꾀했다.

지금 이 자리에 장남과 사건 초기에 조사를 받은 김용성이 최만수 앞에 불려와 있다.

아버지의 질문을 받은 최진혁은 냉정한 눈으로 질문을 하는 아버지를 보았다.

"솔직한 답변을 원하십니까?"

"그래, 어떻게 하는 것이 좋겠나?"

아버지의 물음에 자신의 생각을 말했다.

"솔직한 심정으론 그 쓸모없는 놈을 그냥 경찰에 넘겼으면 합니다."

최만수는 장남의 이야기를 듣다 깜짝 놀랐다.

솔직히 둘째가 병신 같은 짓도 많이 하고, 또 사고도 많이 친다.

하지만 그렇다고 자신의 동생을 저렇게 평가할 줄은 몰랐다.

"아무리 못나도 네 동생이다."

최만수는 진혁을 나무라며 어떻게든 이번 사건에서 종혁을 무사히 빼내길 원했기에 이렇게 대책 회의를 하는 것이다.

"네 동생을 어떻게든 이번 일에서 빼낼 궁리를 해야 하지 않겠냐!"

아버지의 말을 듣고 있는 진혁은 이를 악물었다.

언제나 아버지는 이랬다.

자신의 잘못은 아주 철저히 보답을 받았다.

어려서부터 아버지는 자신에게만 엄격했다.

어머니와 억지로 결혼을 했기에 그런지도 모르겠다.

자신의 어머니와 결혼을 하면서 외할아버지로부터 이만수파를 물려받게 되었다.

솔직히 자신이 봐도 어머니는 미인이라 불리기 힘든 외모를 가졌다.

그런데 자존심은 하늘을 찌를 정도로 강했다.

그런 어머니와 비교해 조금 허영심이 있긴 하지만 순종

적인 작은 어머니를 후처로 들였다.

하지만 진혁은 그 일에 대해 별다른 불만이 없다.

하지만 종혁과 자신에 대한 차별은 견딜 수 없었다.

그 때문에 아버지 없을 때 동생을 많이도 괴롭혔다.

그렇지만 종혁이 커서도 그런 짓거리를 계속할 줄은 몰랐다.

자신은 군대를 갔다 오면서 어린아이 같은 치기를 벗어나 동생의 일엔 신경을 쓰지 않기로 하였다.

하지만 보고 있노라면 그놈과 형제라는 것이 부끄러울 때가 한두 번이 아니었다.

나이가 적은 것도 아니고 태어난 시기만 다를 뿐 자신과 같은 나이인 종혁의 그런 행동 때문에 부하들 보기도 쪽팔려 외면을 했다.

그런데 자신이 신경을 끊고 있던 중 이런 일이 벌어졌다.

사고를 치려면 소리가 나지 않게 하던가.

일개 연예 기획사 사장이 폭로할 정도로 일을 만들었다.

이런 생각을 하고 있을 때, 옆에서 잠자코 있던 김용성이 슬며시 뭔가를 꺼내 테이블 위에 올렸다.

"이게 뭐야?"

최만수가 물어 오자 김용성은 그것에 대하여 대답을 하

였다.

"그건 전에 전무님이 지시한 것입니다."

용성의 대답에 최만수는 장남인 최진혁을 쳐다보았다.

그의 지시로 김 부장이 만들었다는 것이기에 무언지 물은 것이다.

한편 진혁은 김 부장이 자신의 지시로 만들었다는 서류를 들어보았다.

그리고 뭔가 생각이 났는지 눈을 반짝였다.

"이게 그거란 말이지?"

"예, 그자에 대하여 조사를 한 보고서입니다. 그런데 뭔지 몰라도 국방부 컴퓨터에서 그를 찾는데 아주 힘들었습니다."

아주 힘들게 조사를 했다는 말에 최진혁은 일단 보고서를 읽어 보았다.

그런데 보고서를 넘기던 용성의 표정이 무척이나 심각했다.

"설마 이 사람일 줄이야……."

보고서를 넘기는 용성의 손이 조금씩 떨리기 시작했다.

최만수는 용성이 일던 보고서를 뺏어 읽다 인상을 찡그리며 물었다.

"무슨 일이야?"

언제나 꼼꼼하고 깔끔하게 일을 처리하던 용성이 침중

하게 인상을 구기고 있는 모습에 최만수는 그렇지 않아도 작은 아들의 일로 심각한데, 그까지 신경을 쓰게 만들자 궁금해 물은 것이다.

용성이 넘긴 보고서를 읽던 진혁도 아버지의 목소리에 고개를 돌려 그를 보았다.

“김 부장, 뭐 때문에 그래?”

“제 말 오해하지 마시고 들어 주십시오.”

“뭔데 그렇게 심각해?”

“보고서를 보셨지만 그에 대한 조사 내용은 별거 없습니다. 하지만 보고서에 나와 있지 않을 것을 전 알고 있습니다.”

“그러니까 그게 뭐냐고!”

최진혁은 용성이 말을 하지 않고 빙빙 돌리자 짜증이나 소리쳤다.

그런 진혁의 말에 용성은 한숨을 쉬며 대답을 했다.

“그에 관한 모든 것이 비밀로, 접근 금지입니다. 그 사람에 관해서는 대통령도 함부로 연람이 불가능합니다.”

대통령도 접근이 용이하지 않다는 말이 좀처럼 이해가 가지 않았다.

막말로 대한민국에서 대통령이 하지 못 할 일이 뭐가 있는가?

옛날로 치면 한 나라의 왕과 같은 무소불위의 권력을

가진 권력의 정점인 대통령인데 말이다.

더욱이 대통령은 대한민국의 헌법에서 나타내는 군 통수권자이다.

즉, 그 말은 군에 관한 모든 것을 행사할 수 있는 사람이 대통령이란 소리다.

그런데 그런 대통령에게도 함부로 공개되지 않는 비밀이란다.

"그게 말이 되는 소리야!"

듣고 있던 최만수는 용성에게 고함을 쳤다.

하지만 두목의 호통에도 용성은 담담하게 말을 이었다.

"저도 그 사람에 관해선 단편적인 내용뿐이 알고 있지 않습니다."

"그러니 그게 뭐냐고!"

용성의 이야기를 듣고 있던 진혁도 덩달아 목소리를 높였다.

그런 진혁의 모습에 용성은 자신이 과거에 대해 이야기를 했다.

"회장님은 제가 특전사 출신이란 것은 아시지요. 제가 특전사에 있을 때 군에는 전설적인 사람이 있습니다. 북한이 핵실험을 하려고 할 때, 그곳에 침투해 무사히 탈출한 사람 말입니다."

진혁은 지금 용성이 말하려는 것을 다 듣지 않아도 알

수가 있었다.

그가 말하려는 이가 어떤 사람인지 이제야 깨달았다.

쾅!

진혁의 강한 발길질에 사장실 책상이 큰소리를 내며 구멍이 뚫려 버렸다.

그런 아들의 분노한 모습에 최만수도 긴장을 했다.

원채 자신의 감정 컨트롤이 뛰어난 장남이 저런 행동을 하는 것에 이해가 갔기 때문이다.

자신들이 아무리 막 나가는 조폭이라고 하지만 북한에 침투해 무사히 살아 돌아올 수 있는 사람을 어떻게 상대할지 걱정이 먼저 들었다.

'병신이 도대체 누굴 건들인 거야!'

"그 사람이 뭐 때문에 움직인 거야!"

혹시나 하는 최만수의 물음에 김용성은 차분히 대답을 했다.

"전에 함께 있을 때, M&S의 최 사장이 와서 의뢰하지 않았습니까?"

"아, 그랬지! 그럼……."

"예, 저도 별거 아닌 줄 알고 대충 넘겼는데, 설마 그 사람에 관련된 일일 줄이야……. 둘째 도련님이 건드린 아이가 그 사람의 조카라고 합니다."

김용성의 확인해 주는 말을 듣고 최만수는 두 손으로

자신의 머리를 감쌌다.

"하! 병신이 사고를 아주 제대로 쳤구만!"

최만수는 아들과 부하의 대화를 듣다 궁금한 점이 있어 물었다.

"김 부장, 그 정성환이란 자가 그렇게 대단한 자냐?"

진혁은 아버지가 용성에게 하는 말을 들으며 그가 대신 말을 했다.

"아버지! 대한민국에서 최고로 정예인 부대가 바로 특전사예요. 물론 그에 비견되는 부대들도 많지만 일단 외국의 특수부대도 인정해 주는 곳이 대한민국의 특전사입니다. 그런데 그런 사람들 중에서도 전설로 불린다잖아요."

진혁의 말에 최만수는 기어 들어가는 목소리로 대답을 했다.

"잘 알지, 특전사! 하지만……."

잠자코 아버지와 김용성의 이야기를 듣던 최진혁은 갑자기 뭔가 생각이 났는지 눈을 크게 떴다.

"설마?"

"네, 그 설마가 맞습니다. 그 사람은 저도 잘 알고 있는 사람입니다."

최진혁도 사실 특전사 출신이었다.

다만 용성과 다르게 사병 출신이라 부대의 경비나 서는

일반 사병이었다는 것이 용성과 달랐다.

"설마 그 사람이, 그 사람이라는 겁니까?"

"최 전무님이 생각하는 사람이 맞습니다."

최만수는 김용성과 진혁의 이야기를 들을 때마다 경악을 하였다.

도저히 믿기 힘든 그런 내용이 술술 용성의 입을 통해 쏟아지는데, 정말 듣고 있기 두려운 사람이었다.

말을 하면서도 용성은 그 두려움에 정신을 차릴 수가 없었다.

며칠 전 자신의 지시로 그 사람을 작업하러 갔던 김성일이 그의 부하들과 성환을 습격하러 갔다가 도리어 당해 개박살 난 모습이 오버랩 되었기 때문이다.

김성일의 부하들은 팔다리가 한 군데 이상 부러져 있었고, 김성일은 아예 병신이 되었다.

겉은 멀쩡해 보였지만 어디가 잘못된 것인지 혼자 대소변을 가리지 못하고 말도 못하고 있었다.

그 때문에 그를 돌보고 있는 간호사나 간병인이 아주 곤욕을 치르고 있었다.

하지만 병원은 아직도 원인을 찾지 못하고 있었다.

"그런 엄청난 사람이 실제로 있었다니!"

"한 번은 전투력 측정이란 명목으로 교관과 저희 부대원 전부가 전투를 벌인 적이 있었습니다."

용성는 자신이 군에 있을 때, 벌였던 일화를 들려주었다.

특전사령관의 명령으로 치러진 그 대결은 일 년에 한 차례 하는 지옥 훈련을 마치고 그동안의 훈련 성과를 점검하기 위해 마련된 것이라 특전사 모두 눈에 독기만 남아 있었다.

교관을 쓰러뜨리는 팀은 일 개월이라는 휴가가 보장되는 특전이 걸려 있었다.

그래서 악착같이 달려들었지만 어느 누구도 그의 옷깃 하나 스친 사람 없었다.

무려 120명이나 되는 특전사 대원들이 목젖에 차가운 대검의 기운을 느끼며 절망을 했었다.

그때의 기억이 되살아난 김용성은 자신도 모르게 진저리를 쳤다.

"아버지, 어떻게 할 겁니까? 상대가 그렇다면 우리가 아무리 대책을 세운다 해도 소용없어요. 그냥 종혁이를 내주는 수밖에 없습니다."

진혁의 말에 최만수는 고민하였다.

자신이 강남의 한 자리를 차지한 조폭계의 큰 주먹 중 한 명이라고 하지만 상대가 좋지 않았다.

더욱이 모든 것을 객관적으로 평가할 줄 아는 큰아들의 말이기에 듣지 않을 수가 없었다.

설마 조직을 혼자 차지하기 위해 동생을 희생하려고 그런 무리수를 두진 않을 것이다.

한참을 고민하던 최만수는 무슨 생각이 들었는지 어디론가 전화를 걸었다.

그런 최만수의 모습에 최진혁은 실망한 표정을 지었다.

아버지가 또 동생을 살리기 위해 무리수를 두려는 것을 느꼈기 때문이다.

아니나 다를까.

자신의 짐작대로 그동안 만수파를 뒤에서 봐주고 있는 그 사람에게 전화를 한 것이다.

"의원님, 그동안 안녕하셨습니까?"

의원이라 말하고 그와 깊은 통화를 하기 위해선 앞에 있는 아들과 김 부장을 내보내야했다.

전화기의 송신부를 손으로 가려 소리가 저쪽으로 넘어가지 않게 한 다음 두 사람을 밖으로 내보냈다.

"이 일은 내가 알아서 처리할 테니 나가 봐!"

최만수의 말을 들은 진혁은 무슨 생각을 했는지 자리에서 일어나 밖으로 나갔다.

그리고 김용성 부장도 진혁을 따라 밖으로 나갔다.

그런 그들의 뒤로 최만수가 절절매며 누군가와 통화하는 소리가 들렸다.

◈ ◈ ◈

"누나, 난 이만 들어가 볼 테니 그만 들어가."

"그래, 네가 있어서 참 다행이다."

"그런 소리 하지 말고 또 무슨 일 있으면 꼭 연락해, 알았지?"

"그래, 그래. 고맙다."

"가족끼리 무슨 그런 소리를 해. 수진이는 내 조카야. 그러니 그런 소리하지 마."

성환은 휴가 기간이 끝나 부대로 복귀해야만 했기에 누나에게 마지막 인사를 하였다.

성희도 그런 동생을 보며 참으로 집에는 듬직한 남자가 있어야 한다고 생각했다.

그런 생각이 들자 오래전 교통사고로 죽은 남편이 생각이 나 더욱 눈물이 났다.

성환도 그런 누나를 보며 조금 걱정이 되기도 했다.

분명 조직폭력배와 연관이 있는 사건인데, 그들이 가만있지 않을 것 같아 걱정이 되었지만, 그래도 대한민국 경찰을 믿기로 하였다.

이번 사건이 단순한 사건도 아니고 연예계 비리와 연관이 되면서 무척이나 크게 터졌으니, 사람들의 시선 때문에 별일 없을 것이라 생각했다.

그러면서 참으로 희한한 인연이라고 생각한 것이 있었다.

누나와 조카를 돌보다 이번 사건의 담당 검사를 만나게 되었다.

참고인 조사를 위해 검찰에 들렀다 알게 되었다.

처음 그녀와 제회를 했을 때, 참으로 난감했다.

자신만 신경을 쓴 것인지 그녀는 자신을 보고도 별다른 변화를 보이지 않았다.

하긴 자신이 잘못해 그렇게 헤어졌는데, 무슨 변명을 하겠는가?

더욱이 10년이 넘게 지난 일이다.

그렇게 담담히 자신이 알고 있는 것을 검찰에 증언하고 나왔다.

"휴!"

성환은 오래전 일인데도 오랜만에 만난 그녀를 보자 잠시 마음이 흔들렸다.

'아직도 미련이 남았나?'

오랜만의 제회에 가슴이 떨렸던 것에 대하여 잠시 자문을 해 본다.

하지만 그건 아니란 것을 깨달았다.

'그건 아니다.'

이미 오래전 일이라 미련도 이미 사라졌다.

그런데 왜 그녀를 다시 만나 잠시 흔들렸을까?

곰곰이 생각을 해 보니 아마도 모르는 곳에서 아는 얼굴을 만나니 어떻게 헤어졌건 반갑다는 생각이 들었기 때문이란 것을 깨달았다.

"훗, 그곳에서 아는 얼굴을 봤다고 그렇게 흔들린 건가. 아직 수련이 부족하군."

성환은 그렇게 결론을 내리고 부대로 향했다.

한편 동생 성환이 군대로 복귀하는 모습을 보던 성희는 동생도 어서 가정을 꾸리길 빌었다.

언젠가부터 밝게 웃는 모습을 본 기억이 가물가물했다.

10여 년 전 무엇 때문인지 침울한 얼굴로 잔득 취해 온 뒤로 더 이상 동생의 호탕한 웃음을 보지 못했다.

언제나 과묵하고 진지한 표정만 짓고 있는 동생이 든든하긴 했지만 너무 딱딱한 쇳덩이를 보는 것처럼 거북하기도 했다.

그래서 아마도 그때 사귀던 여자와 헤어진 것이 아닌가, 생각했다.

'너도 늦기 전에 가정을 꾸려야 한다.'

그렇게 동생의 뒷모습을 보다 성희는 수진의 병실로 향했다.

성희도 요즘 뉴스를 통해 딸이 어떤 일을 겪었는지 어렴풋이 짐작을 하게 되었다.

그래서 아무 소리 하지 않고 딸의 수발만 들고 있었다.

괜히 말을 꺼냈다가 아픈 기억을 꺼내면 어떡하나 하는 걱정 때문이다.

◈ ◈ ◈

"김 부장."

"예, 전무님."

"아무래도 아버지는 내 말을 믿지 않는 것 같아. 김 부장은 어떻게 했으면 좋겠어?"

진혁은 같이 사장실에서 나온 김용성 부장을 보며 물었다.

그런 진혁을 보며 용성은 무엇 때문에 그런 질문을 하는지 물었다.

"전무님은 어떻게 하실 것입니까?"

진혁은 조금 전 들은 내용을 반만 믿더라도 아니, 군에 있을 때 들었던 내용만 하더라도 그냥 이대로 조직에 남아 있다가는 자신의 안전을 기약할 수가 없다고 생각했다.

"난 당분간 조직을 떠나 있는 것이 좋을 것 같다는 생각이야."

"확실히 그게 안전하죠."

"훗, 내 이 말은 하지 않으려 했는데……."

진룡은 잠시 머뭇거리다 자신의 사무실이 눈앞에 보이자 용성을 자신의 사무실로 데려가 앉으며 말을 하였다.

“아까 어디까지 이야기했지?”

“아 예, 말을 하지 않으려 했다는 말까지 했습니다.”

“아, 그랬지.”

진룡은 용성의 말을 듣고 다시 자신이 사무실에 들어오기 전 하려던 이야기를 했다.

“내가 그러니까…….”

사무실 문을 닫고 주변에 아무도 없는 것을 확인한 진혁은 자신의 계획을 용성에게 들려주었다.

“김 부장도 그를 우리가 상대하기란 불가능하다고 생각하고 있지?”

“그렇습니다. 그는 사람이 아닙니다.”

“맞아, 나도 들은 것이 있으니…….”

진혁은 예전 군에 있을 때 훈련을 뛰고 온 친구가 들려준 이야기가 갑자기 생각났다.

◈ ◈ ◈

“야, 넌 키 높이로 쌓인 눈 위에서 발자국도 안 남기고 돌아다니는 사람을 상대할 수 있겠냐?”

“이 새끼, 생 구라를 치고 있네, 아니 그게 인간이 가능하다고 생각하냐?"

"그러니 내가 물어보는 것 아니냐!"

"그럼 그런 괴물이 실제 있다는 말이야?"

"그렇다니까! 내 눈으로 똑똑히 봤다."

친구 진룡의 말에 진혁은 얼른 그 사람의 정체에 대해 물었다.

진혁이 물어오자 진룡은 무슨 큰 비밀이라도 알고 있는 것처럼 거들먹거리기 시작했다.

"어험! 목이 마르네."

진혁은 거들먹거리는 진룡이 못마땅했지만 그 사람의 정체가 너무 궁금해 나중에 휴가 나가 한 턱 쏘겠다는 말을 하며 진룡을 재촉했다.

진혁이 약속을 하자 그제야 짐짓 모르는 척 이야기를 계속했다.

"너도 특전사 무술 교관으로 있는 정성환 소령에 대한 이야기는 들어봤지?"

갑자기 뜬금없이 정성환 소령의 이야기를 왜 꺼내는지는 모르지만 진혁은 고개를 끄덕이며 말을 받았다.

"나도 귀가 있으니 듣기는 했지. 하지만 그 소문 너무 뻥이 심한 것 아냐?"

진혁은 무술 교관으로 있는 정성환 소령에 대해 생각을 하다 너무 과장이 심하다 생각했다.

어떻게 한 사람이 특전사 전원을 상처 하나 없이 처리할 수가 있다는 말인가?

비록 17 : 1이니 하는 무용담이 있기는 하다.

하지만 진혁 자신이 조폭 두목의 아들로 커 오면서 그런 무용담을 떠드는 사람들을 하도 많이 보았어도 결국 3명 이상이면 고전을 면치 못했다.

아니, 오히려 집단 폭행을 당하는 수준까지 내려가는 이들도 많았다.

그것을 보며 진혁은 다구리에 장사 없다는 만고불변의 진리를 깨달았다.

그런 진혁에게 부대 내에 떠도는 무술 교관에 관한 소문은 너무도 과장되었다 생각했다.

"훗, 역시나 우매한 중생은 안 된다니까."

진룡은 뭔가 아는 것처럼 진혁을 보며 고개를 흔들며 진혁을 비웃었다.

그런 진룡의 모습에 속에서 욱하는 것이 있었지만 일단 참기로 했다.

"말해 줄 거야, 말 거야!"

"알았다. 그럼 지금부터 내가 본 것을 네게 알려 주지."

진룡은 자신이 훈련을 나갔다 본 무술 교관에 관한 이야기를 진혁에게 들려주었다.

◈ ◈ ◈

푸짐하게 저녁을 푸짐하게 먹어서 그런지 뱃속에서 신호가 왔다.

"젠장! 너무 과식을 했네."

진룡은 대변을 해결하기 위해 소리를 죽여 밖으로 나왔다.

달의 기울기를 보니 아직 새벽 3시 정도.

저 멀리 뭔가 움직이는 것이 보였다.

너무 빨라 움직이는 물체의 정체를 알 수가 없었다.

혹시 몰라 자세를 낮춰 접근했다.

그런데 가까이 접근을 해 정체를 확인한 진룡은 속으로 작게 안도의 한숨을 쉬었다.

안도의 한숨을 쉰 것은 빠르게 움직이던 물체의 정체가 바로 자신들의 훈련 교관이었기 때문이다.

안도의 한숨을 쉬던 진룡은 갑자기 눈을 크게 떴다.

도저히 인간으로서 상상할 수 없는 그런 일이 벌어졌기 때문이다.

진룡이 자세히 살펴보니 무슨 무술 동작 같은데 너무 빨라 그 종류를 알 수 없어 잠시 구경하였다.

그런데 이상한 것을 진룡의 눈에 띄었다.

분명 주변은 밤새 눈이 와 눈이 쌓여 있었다.

그것도 허벅지까지 찰 정도로 깊게 쌓였다.

하지만 교관은 눈 위에서 저렇게나 빠르게 움직이며 무술 수련을 하고 있었다.

더욱이 눈 위에 발자국 하나 찍히지 않았다.

"헉!"

자신도 모르게 그 모습을 보고 소리를 내고 말았다.

소리를 들었는지 교관이 고개를 돌려 진룡을 보았다.

진룡을 본 교관은 눈 위를 걸어 그에게 다가와 한마디 하고 멀어졌다.

"춥다, 들어가서 조금 더 자라."

눈 위를 걸어 사라지는 교관의 뒷모습을 본 진룡은 교관이 사라지자 자리에서 일어나 아까 교관이 있던 곳에 가 보았다.

하지만 진룡은 그 자리에 가 보지도 않고 돌아 나올 수밖에 없었다.

혹시 그곳이 자신이 있던 곳보다 눈이 덜 쌓인 곳인 줄 알았는데, 그게 아니었다.

오히려 더 깊은 곳이라 자신의 키를 넘을 정도로 쌓인 곳이었다.

그 때문에 하마터면 자신은 눈에 파묻힐 뻔하였다.

◈ ◈ ◈

한편 최만수는 큰아들인 진혁이 성환이 무서워 도망친 것도 모르고 둘째 아들의 잘못을 어떻게든 무마하기 위해 이곳저곳 연락을 하기 바빴다.

언제 연락을 받고 온 것인지 만수파의 일을 전담하고 있는 김인수 변호사가 와 있었다.

"부르셨습니까?"

"그래, 어서 와! 내가 김 변과 상의할 일이 있어 이렇게 늦은 시간에 찾았네."

"어떤?"

"그게 그러니까……."

최만수는 자신의 둘째에 대한 이야기를 해 주었다.

최만수의 이야기를 듣던 김인수는 이야기를 들으며 눈살을 찌푸렸다.

방금 그가 한 이야기는 요즘 한참 떠들고 있는 그 일이었다.

어떤 수를 쓰던 가볍게 끝날 일이 아니었다.

미성년자를 억지로 끓고 와 약물을 주입하고 성폭행을 한 사건이다.

그런데 그걸 자신보고 해결을 하라는 말에 김인수는 기가 막혔다.

"회장님, 아무리 제가 인맥이 뛰어나고 성공률이 높다고 하지만, 이런 사건은……."

김인수는 간접적으로 이번 사건을 이기기 힘들다는 것을 돌려 말했다.

자신이 아무리 뛰어난 변호사라고 하지만, 이번 사건만은 누가 맡더라도 이길 수 없는 사건이었다.

그러한 것을 잘 알기에 말을 하는 최만수가 화가 나지 않게 조심스럽게 말을 하였다.

"나도 이 일이 얼마나 심각한 일인지 잘 알고 있어. 하지만 이번 사건에 내 아들만 연관이 된 것이 아니라 그분의 손자까지 연관이 있단 말일세!"

그분이라는 말에 김인수는 눈을 동그랗게 떴다.

오랜 기간 만수파 두목인 최만수와 거래를 하다 보니 그가 말한 그분이 누군지 그도 잘 알고 있었다.

이번 사건에 여당 실세의 손자가 연관이 있다는 말에 김인수는 긴장을 하였다.

아무리 그가 뒤에 있다고 해도 이번 사건만은 해결하기 힘들었다.

이미 전국에 널리 알려진 사건이다보니 어떻게 손을 쓰기도 힘들었다.

막말로 이번 사건을 무마하기 위해 그분이 나선다면 일이 해결이 되는 것이 아니라 일파만파 커질 공산이 컸다.

"설마, 그분이 나서신 것입니까?"

김인수는 조심스럽게 물었다.

하지만 그렇지 않다는 것을 전해 듣고 안도의 한숨을 쉬었다.

"그렇진 않네. 그분도 정치를 하시는 분인데, 구설수에 오르내리는 것은 피해야 하지 않겠나?"

"그렇지요, 음……."

다행히 그분이 나서지 않았다는 말에 안도의 한숨을 쉬었다.

하지만 그것도 잠시.

그 사람의 손자가 관련된 일인데, 그냥 두었다간 어떤 여파가 자신에게 넘어올지 몰라 한참을 궁리하였다.

그렇게 사무실 안은 침묵이 흘렀다.

한참을 고민하던 김인수는 뭔가 생각이 떠오르자 최만수를 보며 작은 목소리로 소곤거렸다.

"이렇게 하는 것이 어떻습니까?"

"어떻게?"

김인수는 자신이 생각한 것을 차근차근 최만수에게 이야기하였다.

이야기를 모두 들은 최만수는 아주 호탕하게 웃었다.

사실 자신이 생각해도 이번 사건은 그냥 힘으로 묻을 수 있을 만한 사건이 아니었다.

누군가는 총대를 메야 하는 사건이었다.

그래서 김인수가 생각해 낸 것이…….

◈ ◈ ◈

다음날 만수파 조직원 몇 명이 경찰에 자수를 했다.

이번 사건이 벌어진 것엔 자신들의 과잉된 충성 때문에 벌어진 일이란 것이었다.

조직 상부로 올라가고 싶은 마음에 M&S엔터의 연습생을 보스의 둘째 아들의 생일 파티에 데려갔다는 것이었다.

물론 그렇게 하면 데뷔를 앞둔 연습생이니 서로 좋은 것이라 생각했다는 것이다.

너무도 뻔뻔한 말이었지만 그들은 그렇게 앵무새가 배운 인간의 말을 무한 반복하듯 그렇게만 떠들었다.

어린 여학생들에게 마약을 먹인 것도 자신들이라는 것이다.

이런 주장을 하자 이들을 구속시킬 수밖에 없었다.

더욱이 사건의 장본인들은 김인수 변호사의 이야기를 듣고 왔는지 자신들은 파티를 하는 중에 마신 술에 취해 아무것도 기억이 나지 않는다는 말만 되풀이했다.

8.

응징(膺懲)

대한민국 국군 정보사령부.

정보사령부의 한곳, 이제 가을로 접어들어 낙엽이 지고 있는 나무들을 보는 남자가 있었다.

그 남자는 금방 휴가를 마치고 복귀하는 성환이었다.

성환은 부대로 복귀를 하다 자신의 육사 동기인 최세창 중령이 찾기에 들린 것이다.

"뭐 때문에 급히 찾았냐?"

"휴, 내가 널 부르지 않으면 네가 사고칠 것 같아 불렀다."

"사고? 그렇겠지. 네가 아이들 일이라고만 안 했어도 일을 마무리하고 들어오려고 했다."

"이 자식 큰일 날 소리 하네! 인마, 네가 사고치면 그 것 수습하는 게 쉬운지 알아?"

계급이야 성환이 진급이 빨라 세창보다 너 높지만 성환이나 세창은 육사 동기이다 보니 그런 것에 신경을 쓰지 않고 편하게 대화를 하고 있었다.

"난 그런 것 신경 쓰지 않기로 했다. 내가 군을 위해 능력을 쏟고 있을 때, 내가 정작 보호해야 할 가족은 이상한 놈들에게 핍박을 받고 있었다."

조금 전까지 세창과 가벼운 농담을 주고받던 것과는 다르게 성환은 한층 목소리를 무겁게 하며 말을 하였다.

세창은 그런 성환의 모습에서 상처 입은 수컷 호랑이의 분노를 읽었다.

"그건 알겠는데, 지금 미국 애들이 널 찾겠다고 지금 난리도 아니다. 이런 때에 네가 노출되면 그렇게 네가 지키려는 조카나 누님까지 위험해진다, 너도 그건 알잖아."

세창은 성환의 마음을 이해하면서도 현재 미국이 벌이고 있는 일을 언급하며 성환을 달랬다.

그런 세창의 마음을 성환도 잘 알기에 그가 전화해 보자고 할 때 두말하지 않고 이곳을 찾은 것이다.

마음 같아서는 조카 수진을 그렇게 만든 놈들을 모두 죽여 버리고 싶은 심정이지만, 성환도 현재 미국의 CIA나 DIA(미 국방정보국)의 요원들이 자신을 찾기 위해 눈을 부릅뜨고 있다는 것을 잘 알고 있었다.

그랬기에 이번 사건을 검찰이 하는 것을 지켜보기로 하고 부대로 복귀를 한 것이다.

원래라면 자신의 소속인 특전사령부로 가야만 했지만, 연락이 오길 이곳 정보사령부에 대기하라는 연락을 받았기에 겸사겸사 이곳으로 왔다.

"알았다. 하지만 어쩌면 조만간 내가 다시 나가야 할 일이 생길지도 모르겠다."

"그게 무슨 말이야?"

세창은 성환이 느닷없는 말에 깜짝 놀랐다.

그런 세창을 보지 않고, 성환은 전방에 있는 앙상한 나무를 보며 대답을 했다.

"너도 알겠지만 우리나라 권력자들의 습성을. 아마 수진의 일, 흐지부지 용두사미로 끝날 거다."

성환의 단정하는 듯한 말에 세창도 인상을 썼다.

솔직히 세창도 아마 그럴 것이란 판단을 하고 있다.

아무리 방송에서 떠들고 해도 권력자가 끼면 그건 일반 사건처럼 정의가 승리하는 그런 드라마 같은 상황으로 끝나지 않는다는 것을 잘 알고 있다.

"그렇지만 이번에도 그렇겠냐? 내가 좀 알아보니 이번 담당 검사가 미영 씨던데."

세창은 말을 하다 말고 잠시 말을 멈추고 성환의 표정

을 살폈다.

아무래도 미영이 오래전이긴 하지만 성환의 애인이었다는 것을 알고 있는 관계로 말을 꺼내기가 조금 껄끄러웠다.

무엇 때문에 두 사람이 헤어지게 되었는지 세창도 알고 있기 때문이다.

정보사령부에서 추진하는 프로젝트의 교관으로 임명돼 자주 연락을 하지 못하다 깨졌다는 것을 알고 있는 세창은 다시 그 이름을 말하는 게 주저된 것이다.

"그래, 나도 만나 봤다. 아주 작정을 하고 조사를 벌이고 있더라."

"그럼 잘됐네?"

"아무리 그녀가 담당 검사라 하지만 위에서 누르고, 또 판사들이 검사의 증거를 거부하면 끝나는 것이 대한민국의 법이다."

"음."

성환과 함께 육사 시절 수석을 다투던 세창이기에 성환이 하려는 말뜻을 모르지 않았다.

작게 신음하는 세창을 외면하며 성환은 어딘가를 보며 차갑게 눈을 반짝였다.

성환은 지금 자신의 예감이 맞을 것이라 확신했다.

하지만 그러면서도 자신의 예감이 틀렸으면 하는 바람

이 있었다.

◈ ◈ ◈

대한민국을 강타했던 청소년 납치 및 약물 복용, 성폭행 사건은 조직폭력배의 과잉 충성에 의해 저질러진 사건으로 일단락되었다.

처음 검찰에서 의욕적으로 폭력 조직의 연예계 진출과 검은돈의 세탁을 막겠다는 포부를 가지고 수사를 진행했지만 결국 수사는 용두사미(龍頭蛇尾)가 되어 버렸다.

만약 범인들이 자수를 하지 않았다면 좀 더 집중적으로 파고들어 볼 여지가 있었을 것이다.

하지만 청소년을 납치했던 범인들이 자수를 하고, 또 성폭행을 했던 장본인들이 자신들은 술에 취해 정신이 없던 상태라 알지 못했다는 말만 반복하고 있는 상태.

더 이상의 사건 진행되지 않자 결국 사람들의 관심에서도 식어 갔다.

그리고 어느 순간 사건은 조직폭력배의 과잉 충성이 빚어 낸 단순 납치 사건으로 종결되었다.

이 사건으로 처벌된 사람은 결국 자수한 깡패 몇 명뿐이 없었다.

성폭행을 했던 장본인들은 증거 불충분으로 풀려났다.

아니, 그런 판결이 어디 있단 말인가.

피해자도 있고, 가해자도 있지만, 누가 누굴 성폭행했는지 알지 못해 풀어 준다는 것이 말이나 되는 소리인가.

이 때문에 검찰 내부에서도 말들이 많았다.

특히나 이번 사건의 담당 검사인 황미영 부부장 검사의 반발은 대단했다.

하지만 어쩐 일인지 부부장 검사인 그녀의 반발은 받아들여지지 않았다.

이 때문에 이번 사건에 관련된 것으로 보이는 힘 좀 쓰는 집안에서 손을 쓴 것이 아닌가, 하는 소문이 잠시 돌기도 했지만 일단 검찰 내부에서 사건을 종결시키는 바람에 더 이상 수사를 하지 못하게 되었다.

그리고 더 이상의 재심은 없다는 황당한 판결까지 내려져 사람들을 의혹에 빠지게 하였다.

많은 의혹이 남는 사건.

이렇게 수사를 마무리하는 것이 못내 찝찝하지만 상부의 지시라 황미영 검사도 더 이상 손을 쓸 수가 없었다.

◈ ◈ ◈

서울 서초동 중앙 지검 앞 곱창집.

이제 겨우 초저녁인데 이곳엔 많은 손님들로 만원이었다.

그런데 그런 손님 중 유독 한 자리가 소란스러웠다.

"야, 정신아! 이게 말이 된다고 생각하니?"

"선배님, 오늘 너무 많이 마시는 것 같습니다."

"아냐, 나 하나도 안 취했다. 자 봐!"

"검사님, 오늘은 취하신 것 같으니 그만 일어나죠?"

"무슨 소리야! 아직 나 안 취했다니까!"

수진의 사건을 진행하던 황미영 부부장 검사는 상부의 지시로 수사가 종결된 것 때문에 화가 나 이렇게 술을 마시고 있었다.

아니, 술을 이용해 자신을 고문하고 있었다.

쓰린 속을 달래기 위해 마시기 시작했던 술은 어느새 그녀를 취하게 하였다.

그리고 그녀와 함께 술을 마시고 있는 다른 검사나 수사관도 마찬가지로 이번 일에 대하여 무척이나 실망을 하고 있었다.

사건 초기, 위에서 철저하게 수사하라던 것과 다르게 시간이 조금 흘렀다고 이렇게 급하게 수사 종결을 시켜버리는 것에 대한민국의 앞날이 걱정이 되었다.

이번 사건에서 황미영 검사를 비롯해 수사에 참여한 이들이 조사하길 이번 사건이 단순한 사건이 아니었다.

현재 연예계 전반에 걸친 비리와 성상납 그리고 조폭이 두루 연관이 된 사건이었다.

그리고 이번 사건과는 연관이 없지만, 연예계 스폰서 문제까지 수사가 확대될 만한 증거도 확보하게 되었다.

하지만 그런 것도 모두 폐기 처분이 되고 말았다.

아무래도 고위층 누군가가 검찰에 압력을 넣은 것이 분명했다.

자신이 위험해질 수 있자 막기 위해 이번 사건까지 두루 물먹인 것이다.

만약 이번 사건을 그냥 두면 고위층이 자신의 비리를 막는다 해도 또 다시 수면으로 튀어나올 위험이 있기에 아예 이번 사건의 수사까지 한꺼번에 처리해 버린 것으로 짐작됐다.

이 때문에 황미영 검사를 비롯한 수사관들이 암담한 마음에 이렇게 초저녁부터 술을 퍼마시는 것이다.

"그 개자식들, 지금쯤이면 축하 파티라도 하고 있겠지?"

술을 먹다 말고 문득 이런 생각이 들었다.

자신들의 수사를 방해한 이들은 지금쯤 자신들의 작전이 성공을 해서 축하 파티를 하고 있을 것이란 생각이 들었다.

"그렇겠죠! 특히 그 만수파의 발정난 개자식은 더 기고만장해지겠죠."

자리에 있던 이민호 수사관이 그렇게 사건의 가해자였

다가 증거 불충분으로 방면된 최종혁을 언급하며 말을 하였다.

수사를 진행하는 내내 뻔뻔하게 자신은 모른다는 말로 일관하던 그의 모습이 생각이 났는지 쓴 소주를 단번에 들이켰다.

"크, 개새끼!"

"맞아, 그 새끼는 완전 개새끼였어! 그것도 발정난 개새끼!"

황미영은 이민호 수사관의 말에 술잔을 들며 맞장구를 쳤다.

확실이 미영이 생각하기에 그 최종혁이란 놈은 완전 구제할 길 없는 개새끼였다.

아무 곳에서나 껄떡거리더니, 조사실에서 조사를 하는 자신에게까지 수작을 부리려던 놈이었다.

하지만 그건 봐줄 수 있었다.

어린놈이 어려서부터 보고 배운 것이 깡패질이니 그럴 수 있다고 생각했다.

그렇지만 지금 미영이 가장 화가 나는 것은 오랜만에 조우하게 된 옛 애인 때문이었다.

잊고 싶은 기억인 그는 역시나 적성에 딱 맞는 짓을 하고 있었다.

조폭 전문 변호사 말이다.

자신이 수사하는 것을 어떻게 알았는지, 아무렇지 않게 전화를 하던 그놈의 목소리를 듣는 순간 미영은 온몸에 뱀이 기어가는 듯한 소름이 들었다.

◈ ◈ ◈

"하하하하, 잘했어! 역시 내가 김 변이라면 좋은 소식을 전해 줄 거 알았다니까!"

"과찬이십니다."

"과찬이라니, 아니지 이건 당연한 말이야. 솔직히 이번 사건 김 변 아니면 누가 이렇게 원만하게 해결할 수가 있겠어! 안 그렇습니까?"

만수파 두목 최만수는 아들의 사건이 무사히 마무리 된 거에 무척이나 기뻐 이렇게 아는 사람들과 김인수 변호사를 대동하고 술자리를 하고 있었다.

자신이 비록 자신의 뒷배를 봐주는 어르신께 전화를 하긴 했지만 검찰 고위직에서 집중하는 사건을 이렇게 조용히 해결할 수 있게 된 것은 전적으로 김인수 변호사의 작전이 주요했다는 것을 누구보다 잘 알고 있었다.

그래서 그를 치하하기 위해 이런 자리를 마련하였다.

지금 이 자리엔 사건의 당사자였던 아들의 친구들, 그들의 부모들이 한 자리에 있었다.

진원파 보스 이진원은 아들이 연관된 사건이 이렇게 원만하게 처리되자 눈을 반짝였다.

자신의 조직에도 변호사를 몇 데리고 있었다.

그런데 그들은 하나같이 이번 사건이 어렵다고 했었다.

하지만 만수파에서 전화를 받고 이번 사건을 해결할 방안이 있다는 소리에 지푸라기라도 잡는 심정으로 자금을 댔다.

그렇게 자금만 대고 지켜보았는데 그 장담대로 아들이 증거 불충분으로 풀려났다.

이렇게 되자 이진원은 만수파의 변호사가 욕심이 났다.

비록 표시는 내지 않았지만 부부장 검사출신이라 그런지, 자신이 데리고 있는 변호사와 달라도 너무 달랐다.

자신이 데리고 있는 변호사도 똘똘하고 일에 아주 빠삭한 베테랑들이었다.

하지만 이런 위기 상황에서는 그 추진력이나 상상력이 부족했다.

이번 사건처럼 질 것이 확실한 재판에서 별 힘을 쓰지 못하고 포기를 했다.

그런데 만수파의 변호사 김인수라는 자는 미리 포기하지 않고 수사의 허점을 파고들었다.

사고를 친 아들이나 아들의 친구에게 초점을 맞추지 못하게 그 밑 단계에서 보호막을 친 것이다.

더욱이 대한민국 판사들의 성향을 잘 알고서 미리 손을 써 자신에게 유리한 이번 사건에 도움이 될 만한 판사를 미리 섭외를 하였다.

그 때문에 아들과 아들 친구는 증거 불충분으로 풀려났다.

범행이 분명한데, 증거 불충분이라 무혐의란다.

조폭인 자신이 생각해도 아주 웃긴 법이 아닐 수 없었다.

이렇게 이진원이 김인수를 주시하고 있을 때, 또 다른 사람도 김인수 변호사를 주시하고 있었다.

그는 바로 이번 사건의 또 다른 가해자의 아버지였다.

서양건설사 사장인 이세건이었다.

손이 귀한 집안에서 태어나 아들 이병찬을 아주 어렵게 얻었다.

부인과 별의별 수를 다 써 보았지만 자식이 생기지 않았다.

불임 치료를 위해 안 다녀 본 병원이 없었고, 아들을 낳게 해 준다는 것은 안 먹어 본 것이 없을 정도로 정성을 들였다.

그건 그의 부인도 별의별 방법을 다 동원하였다.

하지만 두 사람 사이에 자식이 없었다.

그렇게 별 수단을 써도 않자 첩까지 두었지만 그마저도

소용이 없었다.

그래서 자연스럽게 포기해 가던 40대에 접어들어 갑자기 부인에게 태기가 왔다.

다 늦었다 포기를 했는데, 대를 이을 자식이 나왔다.

이 때문에 이세건은 자신의 아들을 애지중지하게 키웠다.

해 달라는 것은 다 해 주고, 먹고 싶다고 하는 것은 한겨울에도 구해다 주었다.

그렇게 애지중지하던 아들이 사고를 쳤다.

물론 그전부터 버릇이 없는 아들은 무수한 사고를 쳤다.

하지만 어떻게 난 자식인데, 흠을 만들겠는가?

사고를 치면 그 배 이상으로 보상을 해 주며 자신에게 빨간 줄이 가지 않게 하였다.

이번 문제는 자신이 해결할 범위를 넘긴 아주 큰 사건이었다.

이 때문에 자신이 자식을 너무 오냐오냐 키운 것은 아닌지 후회도 했다.

하지만 일단 일을 해결하는 것이 먼저란 생각에 아들의 친구 부모들과 의논을 하였다.

그래서 누군가의 머리에서 나온 대로 돈을 대었다.

가진 건 돈밖에 없는 자신이 할 수 있는 일이라고는 그런 일뿐이었다.

역시나 머리 좋은 놈들은 뭔가 달라도 달랐다.

피라미 몇을 던져 주고 모든 죄를 그들이 한 것으로 꾸몄다.

확실히 검사 출신이라 그런지 법의 약점을 너무도 잘 알고 있었다.

최소 10년은 받을 형량이 증거불충분과 술에 취해 제정신이 아니었다는 이유로 무혐의 처리를 받았다.

또 마약 파티를 했는데, 그것도 깡패들이 자신들이 했다고 덮어쓰는 바람에 아이들은 모두 무사하게 풀려났다.

◈ ◈ ◈

"젠장, 젠장, 젠장!"

최신규는 오늘 재판을 보고 온 뒤 이렇게 안절부절 못하고 있었다.

설마 제판이 이렇게 끝날 줄 몰랐다.

아니, 짐작은 하고 있었다.

하지만 혹시나 하는 심정으로 증언을 했었다.

대한민국 전 국민이 자신의 양심선언에 환호를 하며 격려해 주었다.

그 때문에 주가도 올라 재산이 상당히 불었다.

국민의 관심으로 조금 불안하긴 했지만 뉴스에서도 검

찰에서 집중적으로 수사를 할 것이란 보도가 있었기에 애써 불안감을 떨쳤다.

그런데 국민의 관심은 저들이 발 빠르게 그날 아이들을 데려간 매니저—M&S엔터에 파견된 깡패—들을 자수시키고 자신들이 모두 저지른 일로 꾸미는 바람에 금방 관심이 멀어졌다.

이제 겨우 수사 단계인데, 범인이 자수를 하는 바람에 수사가 종결이 된 듯한 느낌을 주었기 때문이다.

솔직히 최신규는 이번 기회에 회사의 지분을 잠식하고 있는 만수파가 검찰에 모두 구속이 되어 사라졌으면 하는 바람이었다.

겨우 20%의 주식을 가지고 있으면서 그들은 자신보다 더 막강한 힘을 회사에서 발휘하고 있었다.

겉으로는 대주주로써 권리를 행사하는 것처럼 꾸몄지만 안을 살펴보면 폭력을 동반한 무력 시위였다.

이 때문에 다른 주주들이나 자신은 그들의 행사에 불만을 표할 수가 없었다.

그랬다가는 어느 날 그들이 운영하는 술집 창고나 폐공장, 아니면 야산에 끌려가 폭행을 당할지 모르기 때문이다.

몇몇 연기자들은 그들의 요구를 들어주지 않아 폭행을 당하였다는 보고도 받았었다.

그러니 그 뒤로 그들의 요구를 거절하는 연기자나 연예인들이 없어졌다.

그렇게 끌려다니기 싫어 이번 기회에 모든 것을 폭로한 것인데, 이렇게 사건이 마무리되어 버렸다.

이 때문에 최신규는 자신의 안위가 두려워졌다.

분명 만수파에서는 자신을 보복할 것이 뻔했기 때문에 불안했다.

"개새끼들! 어떻게 그게 증거 불충분이야! 내가 그날 찍은 것까지 다 보여 줬는데, 뭐 그것만으로는 범행이 벌어졌다는 것을 알 수는 있지만 입증을 할 수 없다고? 그게 말이야, 막걸리야!"

최신규는 그렇게 제판장의 판사를 욕하며 술병을 잡고 병나발을 불었다.

"큭, 젠장! 내가 미쳤지, 그때 내가 왜 그런 선택을 했는지……."

사무실에 혼자 이렇게 술을 마시며 최신규는 그때의 선택을 후회하고 있었다.

"내가 무슨 정의의 사도도 아니고, 그냥 조금 몸이 괴롭고 말 것을……."

그렇게 넋두리를 하며 최신규는 술을 마셨다.

그리고 자신도 모르게 두 눈에서 눈물이 흘렀다.

너무나 억울했다.

그때 그런 판단을 한 것도 누군가의 폭력이 무서워 그런 선택을 한 것이다.

그런데 이번에 보다 더 악랄한 자들의 방문을 기다려야 하니, 이제부터 하루, 하루가 고문이었다.

이렇게 장소는 다르지만 비슷한 시각에 세 군데에서 각자의 이유를 가지고 술자리가 벌어지고 있었다.

그런데 그들의 공통점은 대한민국을 뒤흔든 엄청난 사건이 판사의 판결로 수사 종료가 된 것에 대한 결과로 술을 마신다는 것이었다.

한 명은 증인으로 재판을 또 한곳에서는 범죄를 밝히기 위해 수사를 했던 이들, 또 다른 곳에서는 가해자지만 이번 재판의 승자인 이들이 자신들의 승리를 축하하는 자리였다.

◈ ◈ ◈

성환은 바쁜 와중에도 시간을 내 재판을 보러 갔다.

군인인 성환이 재판을 보러 갈 수 있던 것은 모두 그가 근무하고 있는 곳이 서울에 있기 때문이다.

지도에도 나와 있지 않은 서울 안에 극비로 마련된 부대.

나무를 숨기려면 숲에다 숨기라고 했던가?

그래서 국군 정보사령부에서 조직한 특수부대는 정보사

령부 내에 존재했다.

사령부가 있는 산 내부를 파내 그 안에 각종 시설을 갖추고 부대원을 양성하고 있었다.

그러니 성환이 재판을 보러 가는 것은 너무도 쉬운 일이었다.

뿐만 아니라 법원이 있는 서초동과 얼마 떨어져 있지 않으니 더욱 관람하기가 쉬웠다.

'법이 네놈들을 온전하게 처벌을 하지 못하니 이제부터 내가 알고 있는 정의대로 판결을 내리겠다.'

성환은 판사가 법 봉을 내려치면서 때려죽일 놈들을 무죄 방면 하는 것을 지켜보며 차갑게 뇌까렸다.

'네놈들은 모두 유죄다. 그리고 이번 일에 관련된 모든 자들도 유죄다.'

자신들의 무죄 판결에 좋아서 자신들끼리 웃고 떠드는 일들을 보며 마음속으로 그렇게 판결을 내렸다.

◈ ◈ ◈

강남의 줄리아나 클럽 VIP룸에 오늘 낮에 재판에서 무죄 판결을 받은 최종혁과 그 친구들이 모여 자신들의 무죄 판결을 자축하고 있었다.

"야야, 내가 뭐라고 했어! 다 잘 될 거라고 했지!"

최종혁은 술이 잔득 취해 독한 술을 입에 털어 넣으며 소리쳤다.

그런 최종혁의 옆에서 이병찬이 맞장구를 쳤다.

“그래, 감히 천한 것들이 우리들의 성총을 받았으면 감사하지는 못할망정 감히 고소를 해?”

“야, 지금은 일단 축하하는 의미에서 여자 좀 불러 봐!”

종혁과 병찬이 큰 목소리로 떠들고 있을 때, 이세환이 여자를 부르라 말했다.

유유상종이라.

만수파 두목 최만수의 둘째인 최종혁도 여자만 보며 자빠뜨리려는 개차반이지만 이세환도 그 못지않은 썩은 개고기였다.

만수파 보다 더 큰 진원파의 두목의 아들인 이세환은 종혁과 다르게 외동아들이었다.

그렇기에 이세환은 어려서부터 아버지의 비호 아래 갖은 악행을 저지르고 다녔다.

학창 시절에 동급생 여학생은 물론이고 여교사에게까지 성폭행을 하고 아버지 때문에 무사히 학업을 마칠 수 있었다.

물론 피해 여성들은 그 뒤로 학교를 그만두고 정신과 치료를 받으며 비탄에 젖어 살고 있지만, 그에게는 알 바 아니었다.

하지만 남의 불행에 관해 전혀 신경을 쓰지 않는 이들은 그저 자신들의 유흥을 위해 다시 또 다른 먹이를 찾는 하이에나마냥 여자를 찾았다.

◈ ◈ ◈

한참 술을 마시고 있던 김병두는 같이 술을 마시고 있는 최만수와 이진원을 보며 조용히 말을 꺼냈다.

"그런데 두 분 사장님들은 우리를 번거롭게 만든 이를 그냥 두고 보실 것입니까?"

갑작스런 김병두의 말에 최만수와 이진원 그리고 이세건은 이미 몸에 알코올이 상당히 들어간 관계로 뭔가 흥분한 상태로 김병두를 보았다.

"누구 말씀이십니까?"

"누군 누굽니까, 그 기획사 사장하고 고소한 그년들이죠."

김병두는 사건을 키운 M&S엔터테인먼트의 사장인 최신규와 사건의 발단이 된 수진과 성희를 들먹였다.

그런 김병두의 말을 들은 최만수는 갑자기 술이 확 깨는 느낌을 받았다.

뭔가 등줄기를 타고 차가운 기분 나쁜 느낌이 지나가는 것을 느끼며 정신이 번쩍 들었다.

하지만 그런 최만수와는 다르게 이진원은 눈을 차갑게

번뜩였다.

“그 연놈들을 그냥 둘 수는 없지요. 이젠 아이들의 일도 무사히 끝났으니 대가를 치르게 해야죠.”

“저…… 그건 신중하게 생각하시는 것이 어떻습니까?”

이진원은 김병두의 말에 과격하게 동조하며 나섰지만 최만수는 평소와 다르게 한 발 물러난 듯한 소리를 했다.

솔직히 최만수가 이러는 데에는 이유가 있었다.

아들 때문에 여러 곳에 줄을 대 무사히 일을 맞췄지만 뒷맛이 여간 찝찝한 것이 아니었다.

그 여아의 외삼촌이 특수부대 교관이라고 했다.

그뿐만 아니라 자신의 조직원 중에서도 과격하기로 알려진 김성일을 아주 병신을 만들어 놨다고 들었다.

김성일뿐 아니라 그의 동생들 여섯 명까지 한꺼번에 덤볐다가 다들 신체 일부가 부러지거나 금이 갔다고 했다.

그러니 최만수는 될 수 있으면 더 이상 그와 엮기고 싶은 생각이 들지 않았다.

이상하게 자꾸만 자신이 지금 잘못하고 있는 것 같은 생각이 들어 아까부터 그 생각을 털기 위해 더욱 술을 마셨었다.

그런데 이렇게 김한수 의원의 아들인 김병두 의원은 자신을 번거롭게 만들었다고 최신규와 고소를 한 여자들에게 보복을 언급하고 있었다.

"아니, 최 사장은 그 연놈들을 그냥 두고 보자는 말이오?"

"사실 나도 그냥 둘 수는 없다고 생각하고 있습니다. 하지만 그 뒤에 있는 존재가 좀 껄끄럽습니다."

"그게 누군데 만수파의 최만수 사장이 껄끄럽다며 뒤로 빼는 것이오?"

이들의 이야기를 조용히 듣고 있던 이세건이 자꾸만 뒤로 빼려는 최만수에게 물었다.

이세건의 물음에 처음 보복이란 말을 꺼냈던 김병두도 그리고 최만수와 함께 강남에 자리 잡고 있는 진원파의 두목인 이진원도 흥미롭게 최만수를 주시했다.

그런 사람들의 시선에 최만수는 인상을 구기다 말을 했다.

"증인으로 나온 자는 별거 아니지만, 아이들을 고소한 여자들의 뒤에 특수부대 장교가 있습니다."

최만수는 자신이 알고 있는 것을 살짝 말을 하였다.

하지만 권력의 맛을 알고 있는 이들에게 군인 정도는 눈에 들어오지도 않았다.

더욱이 지금 술이 들어간 상태라 간이 붓기도 했다.

"그게 어떻다는 것이오? 최 사장은 그가 무서운가 보오?"

옆에서 듣던 이진원이 깐죽거리듯 말을 하자 최만수는 인상을 구겼다.

솔직히 자신도 그자를 경험해 보지 않아 어떻다고 판단을 하지 못하지만, 김용성의 말이나 자신의 큰아들인 진혁의 이야기를 들어보면 결코 그자가 만만한 자가 아니라 생각이 들기에 이들의 말에 주저하게 되었다.

"뭐, 그럼 최 사장은 빠지는 것으로 하고 내가 잘 아는 해결사가 있으니 여러분들은 돈만 준비해 주십시오."

이진원이 나서서 그렇게 이야기하자, 지켜보던 최만수의 인상이 더욱 구겨졌다.

이 자리에 있는 자들은 자식들의 잘못은 생각지도 않고, 피해자들이 자신들을 번거롭게 만들었다는 생각에 청부업자를 고용하기로 모의를 했다.

이 꼬라지를 보면 부전자전이고, 윗물이 맑아야 아랫물이 맑다는 옛말이 하나 틀릴 것이 없었다.

하지만 지금 이런 자신들의 결정이 얼마나 엄청난 파장을 몰고 올지는 아무도 예상을 하지 못했다.

◈ ◈ ◈

클럽 줄리아나의 VIP룸에는 지금 광란의 파티가 벌어지고 있었다.

벌거벗은 남녀가 교미를 나누는 뱀처럼 서로 뒤엉켜 땀으로 번들거리는 육체를 흔들고 있었다.

그런데 이상한 것은 밑에 깔려 있는 여자들의 눈이 반쯤 풀린 것이, 뭔가 약에 취한 것처럼 위에서 남자가 거칠게 육체를 흔들 때마다 자지러지는 비음을 흘리며 헤실헤실 미소를 지었다.

사실 여자들은 지금 약에 취해 정신을 차리지 못하고 있었다.

그저 웨이터의 손에 붙들려 VIP룸에 온 뒤로 술을 얻어먹고 이렇게 되었다.

웨이터의 VIP룸을 구경시켜 준다는 말에 혹해 웨이터를 따라온 것부터 이미 이들은 자신에게 일어나는 일에 전적으로 책임을 져야만 했다.

룸 대여비만 500만 원인 이곳의 VIP룸은 아무나 들어가지 못하는 곳이라 여자들에게 환상을 가지게 만들었다.

뭐 클럽에 와서 이런 적이 이미 한두 번이 아닌 관계로 어느 정도 예상을 오기도 했기에 지금 남자들과 뒹굴고 있는 여자들은 자의로 약을 받아먹었다.

그리고 이들이 합의하에 이러고 있는 것을 알려 주는 것은 바로 이들의 옷이 한쪽에 구김 없이 잘 걸려 있었기 때문이다.

여자들도 다 알고 이 방에 들어온 선수였던 것이다.

한참을 그렇게 파트너를 돌려 가며 짐승들처럼 교미를 했다.

이미 약에 취한 상태라 누가 자신의 파트너인지는 중요하지 않았다.

화려한 호텔도 아닌, 클럽의 룸에서 이들은 이런 것이 자연스러운지 열심히 빨고 깨물며 신음하고 또 헐떡이며 어딘가를 향해 열심히 달렸다.

그런데 이런 룸 안을 살피는 사람이 있었다.

언제 들어왔는지 아무도 모르고 있었다.

짐승처럼 열심히 자신의 상대를 짓누르며 헐떡이는 남자들이나, 그 밑에 깔린 약에 취한 여자들이나 모두 누군가 차가운 시선으로 자신들을 보고 있음을 감지하지 못했다.

"역시나 개새끼들은 제 버릇 못 버리고 이렇게 지랄들을 하는구나!"

성환은 재판장에서부터 미행했던 이들이 사람들과 분리되기를 기다렸다.

재판장을 나와 자신들의 아버지들과 헤어져 따로 술집에 들어가는 것까지 지켜보았다.

이들이 술집에 들어갈 때는 잠시 망설이기까지 했다.

응징을 포기한다는 의미가 아니라 그저 이들을 징치하는 장소로 이곳이 적당한가 하는 것 때문에 잠시 망설인 것뿐이다.

하지만 망설임은 잠시 이들이 들어간 룸 밖에서 내부를 살핀 결과 이들은 개선의 여지가 없는 반사회적 인격 장애 즉 사이코패스들이었다.

다른 사람의 감정이나 권리를 무시하며 타인의 피해에

대하여 전혀 죄책감이 없었다.

성환은 이들의 행동을 지켜보면 지켜볼수록 이들을 그냥 둔다는 것은 폭탄을 그냥 방치하는 것보다 더 위험하단 판단을 하게 되었다.

이대로 두면 제 이, 제 삼의 수진이 또 나오리라.

그래서 틈을 엿보다 이들이 여자들을 불러들이는 것을 지켜보았다.

그런데 이것 또한 가관이었다.

이곳에 출입하는 여자들도 제정신은 아닌 것처럼 보였다.

맨 정신에 부끄럼 없이 옷을 벗어던지고 알몸으로 자신의 몸을 자랑하듯 남자들 앞에 당당히 자리했던 것이다.

성환은 이런 여자들의 모습에 상당한 문화적 충격을 받았다.

하마터면 은신이 풀릴 뻔했다.

백두산 동굴에서 익힌 무공 중 잡공에 속하는 것이지만 이렇게 침투하는 것에 특화된 무공이 있었다.

동굴 속에 비동(秘洞)을 만든 도둑이 지니고 있던 이 공공비술(空空秘術)은 비록 잡공이기는 하지만 성환이 북한을 탈출할 때 무척이나 요용하게 써먹은 것이기도 했다.

아무튼 공공비술을 사용해 구석에서 룸에 있는 남녀의 광란을 처음부터 끝까지 지켜본 성환은 점점 때가 무르익는 것을 보았다.

"허억!"

"하악!"

"음."

"흐응."

갖가지 비음들을 쏟아 내며 광란으로 치닫던 남녀의 집단 난교는 끝이 났다.

약에 취해 벌인 일이라 그런지 이들은 섹스가 끝나기 무섭게 그 자리에 늘어지고 말았다.

그때서야 성환은 공공비술을 펼치던 것을 풀고 이들의 곁에 모습을 나타냈다.

하지만 이들은 그런 성환의 모습을 보고도 그게 현실인지 아직 인지하지 못하고 있었다.

그럴 수밖에 없는 것이 이들의 광기 어린 섹스는 끝났지만 아직도 약 기운이 남아 정신이 몽롱한 상태이기 때문에 성환이 갑자기 모습을 보인 것도 모두 약 기운 때문이라 생각하고 있기 때문이다.

성환은 자신을 멍하니 쳐다보는 남녀에게 다가갔다.

벌거벗은 남녀는 전혀 부끄러워하지 않고 태초의 모습 그대로 자신을 내보이고 있었다.

그런 남녀들 사이로 들어가 천천히 여자들의 혼혈(昏穴)을 짚었다.

혼혈이 짚인 여자들은 바로 잠이 들어 버렸다.

그때까지도 남자들은 이 모습을 전혀 이상하게 생각하지 않았다.

알몸으로 자신을 올려다보고 있는 남자들의 모습을 차가운 눈으로 내려다보던 성환은 입매를 비틀며 차갑게 말을 하였다.

"아마 오늘이 너희들이 세상에서 마지막으로 즐기는 날이 될 것이다."

차갑게 그들에게 말을 했지만 약에 취해 있는 그들은 그런 성환의 말에도 빙그레 미소를 짓고 있었다.

성환은 이들을 고문을 하기로 하였다.

죄를 지었으면 합당한 벌을 받아야 하지만, 이들은 자신들이 가진 배경을 이용해 꼼수를 부려 풀려났다.

그러니 이젠 법이 하지 못하는 것을 자신이 지금 하기로 했다.

"우선 여기 내부의 소리가 밖으로 새 나가면 안 되니 일단 아혈(啞穴)을 짚어야겠지."

작게 중얼거린 성환은 남자들에게도 차례차례 손을 움직여 입을 봉했다.

아혈이 짚인 남자들은 갑자기 말문이 막히자 고함을 쳐보았다.

하지만 소리는 입 밖으로 나오지 않고 안에서만 맴돌았다.

그때서야 남자들은 일이 잘못됨을 깨달았다.

그리고 눈앞에 있는 성환이 자신들이 약에 취해 상상해서 나온 존재가 아님을 알았다.

너무나 비상식적인 일이 벌어지자 남자들은 모두 눈앞에 있는 성환이 두려워지기 시작했다.

남자들 표정을 보자 성환은 낮아진 목소리로 말했다.

"이제야 세상이 두려운 것이란 것을 깨달았나. 세상이 너희들 마음대로 될 것 같았지. 하지만 이 세상에는 비이성적인 일들이 많이 일어나지. 오늘 있던 재판이 그랬고, 또 지금 내가 할 일이 그럴 것이다."

성환이 자신의 말이 끝나기 무섭게 자신과 가장 가까이 있는 최종혁의 몸 이곳저곳의 혈도를 짚었다.

혈도가 짚이기 무섭게 최종혁은 오징어가 불판 위에 구워지듯 온 몸을 꼬며 괴로워하기 시작했다.

그런 친구의 모습에 남은 이들도 눈을 크게 뜨고 지켜보았다.

최종혁이 몸을 꼬기 무섭게 성환은 또 다른 하나를 똑같이 만들어 주었다.

룸 안에는 이렇게 인간 오징어가 순식간에 다섯이나 만들어졌다.

이들은 온몸이 꼬이는 것 같은 고통에 몸부림을 쳐 보지만 이들이 일으키는 작은 소음을 듣고 이곳으로 달려오는 사람은 아무도 없었다.

최종혁이 웨이터를 시켜 여자들을 불러올 때, 이곳 VIP룸 주변에 얼씬도 하지 못하게 했기 때문이다.

자신들이 부르기 전까진 아무도 오지 말라는 지시에 웨이터들은 모두 고개를 끄덕였다.

그럴 수밖에 없는 것이 이곳은 바로 진원파가 다스리는 구역에 있는 클럽이기 때문이었다.

룸 안에 진원파의 후계자가 함께 온 것을 모르지 않아서였다.

그러니 지금 이들이 고통에 몸부림치고 있다고 하지만 아무도 이들을 도와주러 오는 사람이 없는 것이다.

성환은 이들이 바닥에 뒹굴며 고통스러워하는 모습을 쇼파에 기대어 지켜보았다.

그리고 이들을 지켜보며 성환은 이들이 마시던 술을 빈 컵에 따라 천천히 음미했다.

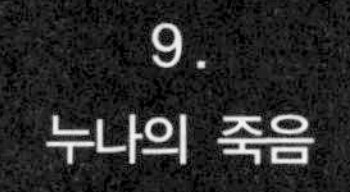

9.
누나의 죽음

성환은 줄리아나에서 개 잡종들을 응징하고 사건에 증거 불충분으로 풀어 준 판사에 대하여 응징을 했다.

판사를 응징한 이유 중 가장 확실한 것은 판사가 사회정의를 외면하고 권력에 기대어 피해자에게 이차적 충격을 준 것 때문이었다.

그리고 이들에게 성환이 내린 벌은 죽는 순간까지 피해자들이 겪었어야 고통을 평생 지니고 살아가게 만들었다.

성환은 이들의 감각을 극대화하게 만들었다.

옛 말에 과유불급(過猶不及)이라고 했다.

사람은 야생을 벗어나 사회를 이루면서 야생의 감각을 잃었다.

하지만 가끔 이런 야생의 감각을 타고난 이들이 있다.

그런 사람을 보통 육감이 발달했다고 한다.

뚜렷한 뭔가가 보이지 않지만 막연히 주변에서 이상한 감각을 느껴 위기를 모면하기도 한다.

그런데 그것이 너무 지나치면 어떻게 될 것인가?

사람의 뇌는 무의식적으로 많은 정보를 처리하고 있다.

인간이 자신의 뇌를 본인의 의지로 활용하는 비중은 5%도 되지 않는 아주 미비한 수준.

그럼 남은 95%의 뇌기능은 무엇을 하고 있느냐.

그건 바로 신체 장기를 통제하거나 아니면 걸어가면서 균형을 잡는 등 본인이 인지하지 못하는 정보들을 처리하고 있다.

하지만 인간 중 일부 특별한 사람들은 수련이나 학습을 통해 직접적으로 뇌를 활용하는 비중을 늘리기도 하였다.

오랜 고행을 통해 신체를 단련하고 정신을 단련시켜 범인(凡人)이 할 수 있는 능력 이상을 발휘하기도 한다.

성환은 백두산에서 기연을 얻으며 이런 사람들의 신체를 컨트롤 하는 방법을 익혔다.

그중에는 어떻게 활용하느냐에 따라 초인(超人)을 만들기도 하며 또 때로는 병신(病身)을 만들 수도 있었다.

만수파의 차남을 비롯한 개차반들을 벌한 것도 이런 것을 이용해 평생 참기 힘든 고통을 가지고 살아가게 만들었다.

온몸의 감각들이 최대로 살아나 작은 충격에도 이들이 받는 충격은 100배, 1000배의 고통을 받으며 살아갈 것이다.

인체는 무척이나 신비로워 인간이 받아들이기 힘들 정도의 고통이 발생하면 신체는 스스로 자기 방어 프로그램을 발동한다.

무슨 말이냐면 인간의 뇌는 주인이 받아들이기 힘들 정도의 고통이 신체에 작용을 하면 의식을 외부와 단절시킨다.

즉, 기절을 한다는 말이다.

하지만 성환은 그런 기능을 자신의 기(氣)를 이용해 둔하게 만들었다.

그래서 신체가 충격을 받았을 때 작용을 하지 못하게 만들었다.

최종혁을 비롯한 그의 친구들은 살짝 몸이 부딪히더라도 그 충격은 남들과 확연히 다르게 작용할 것이다.

이들은 증상은 소위 CRPS라 불리는 복합 부위 통증 증후군과 아주 흡사한 증상을 보이게 되었다.

복합 부위 통증 증후군은 자율신경계의 이상으로 발생을 하는 병으로 현대 의학으로는 치료가 불가능한 증상.

더욱이 그 고통은 이루 말할 수 없는 공통을 수반한다.

그런데 최종혁과 그 친구들은 그와 같은 증상을 얻게 되었다.

이들만 그런 것이 아니라 이들을 풀어 준 판사도 같은 증상을 가지게 되었다.

다만 누가 자신들을 그렇게 만든 것인지는 본인도 몰랐다.

성환이 이들을 찾았을 때는 모두 약에 취하거나 술에 만취를 했었기 때문이다.

◈ ◈ ◈

늦은 시각 자신의 숙소로 들어가는 성환의 앞에 최세창이 막아섰다.

"너 어디 다녀오냐?"

최세창은 오늘 낮에 재판이 있다는 것을 알고 있었다.

성환이 그곳에 갔다는 것도 이미 보고를 받아 알았다.

하지만 재판이 끝난 것은 오후 4시.

그런데 성환은 재판이 끝나고 부대로 복귀를 하지 않고 늦은 시각까지 부대 밖에 있다가 지금 들어오는 것이다.

최세창은 보고를 받은 4시부터 지금까지 수시로 성환의 숙소 앞에서 그를 기다렸다.

혹시라도 재판에 불복해 사고를 치지 않을지 걱정을 한

것이다.

"재판 보고 오는 길이다."

"그러니까, 재판 끝나고 어디 다녀오는 거냐고."

"그런 것까지 내가 네게 보고를 해야 하냐?"

성환과 세창은 무엇 때문인지 서로를 무심히 쳐다보며 대화에 날을 세우고 있었다.

하지만 그것도 잠시 세창은 한숨을 쉬며 말을 했다.

"재판 결과에 대해 들었다. 네가 판결에 불복하는 것도 짐작이 간다, 하지만……."

"하지만이라니……. 하, 넌 지금 내 심정 모른다."

중간에 말을 끊는 성환으로 인해 세창은 입을 다물고 성환의 얼굴을 잠시 쳐다보았다.

그러다 답답한 마음에 주머니에서 담배를 빼물었다.

"그래서 어떻게 하려고?"

세창은 잠시 담배를 한 대 피고는 다시 물었다.

그런 세창의 질문에 성환은 너무도 담담하게 말을 했다.

"법이 제 기능을 하지 못한다면 내가 직접 응징을 하는 수밖에."

"그래서 어떻게 응징을 하겠다고? 네가 그러는 것도 범죄 행위라는 것을 모르냐?"

"훗, 내가 하는 것이 범죄라고? 그럼 막아 봐!"

성환은 세창의 말에 냉소적으로 답했다.

"세상은 썩었다. 권력을 가진 자들은 법 위에 올라서 있고, 법을 수호해야 할 이들은 권력에 기대어 그들을 옹호하고 보호해야 할 자들을 처벌하고 있다."

"하지만 우린 군인이다. 우린 우리의 본분을 지켜야 하지 않겠냐?"

"우리의 본분? 그게 뭔데."

성환의 되물음에 세창도 바로 자신이 말한 자신들의 본분에 관해 확실하게 정의 내리지 못했다.

그런 세창을 보며 성환이 한마디 했다.

"너 예전에 했던 말 기억하냐?"

"어떤 말?"

"육사 4학년 때 군사정변에 대해 토론했던 것 말이다."

"아!"

성환이 군사정변이라는 말을 하자 그제야 옛 기억이 떠오른 세창은 성환을 주시했다.

무엇 때문에 그때의 논쟁을 지금 이 자리에 꺼내는 것인지 이해할 수가 없었다.

"당시 난 군인은 외부의 적으로부터 국가와 국민을 지키는 것이 본분이기에 그것은 잘못된 것이라 주장했었지."

"맞아, 그랬었지."

“그리고 넌 나와 반대로 나라를 운영하는 위정자(爲政者)들이 나라를 잘못 운영한다면 그것을 바로잡아 국민의 혼란을 줄여야 한다는 입장이었지.”

“그래, 그때 너랑 그 문제로 무척이나 다퉜지.”

세창은 옛 기억이 새록새록 피어나는 것인지 입가에 미소를 지으며 성환의 말에 맞장구를 쳤다.

성환은 그런 세창의 반응에도 별다른 표정 변화 없이 담담히 말을 했다.

하지만 그런 성환의 모습이 무언가 비장한 느낌을 주었다.

“그런데…… 지금에 와 내가 현실을 깨닫고 느낀 건데, 네 말이 맞는 것 같다.”

“응, 뭐라고?”

세창은 눈을 동그랗게 뜨고 성환을 주시했다.

“쓰레기가 보이면 굳이 청소부를 부를 것이 아니라 먼저 본 사람이 치워야 했어. 그랬다면…….”

성환은 뭔가 의미가 있는 말을 중얼거렸다.

그동안 자신은 군인이니 부조리한 것을 봐도 자신만 본분을 지키면 나아질 것으로 생각했다.

그렇지만 하나뿐인 조카가 사고를 당하고, 또 사고를 쳤던 범죄자들은 권력자들의 자식이란 이유로 법망을 피해 빠져나갔다.

그저 피라미 몇 마리만 던져 주고 그들은 유유히 빠져나간 것이다.

이 얼마나 피가 거꾸로 솟는 일이 아닐 수 없었다.

그리고 그제야 성환은 자신이 백두산에서 힘을 얻게 된 이유를 깨닫게 되었다.

“네 생각은 아직도 그때와 변함이 없는 거냐?”

성환은 세창에게 육사 생도 시절에 가졌던 마음이 아직도 변함이 없냐는 질문.

그런 성환의 질문에 세창은 잠시 성환의 말뜻을 파악하기 위해 고민을 하다 대답을 했다.

“물론 아직도 변함은 없다. 하지만 그것을 실행하기 위해선 지금의 내 힘이 그에 미치지 못한다.”

성환은 세창의 대답을 들은 뒤 망설임 없이 말을 하였다.

“그 힘……. 내가 채워 줄 수 있다.”

성환은 밑도 끝도 없이 자신이 힘을 채워 주겠다고 말을 했다.

그런 성환의 모습에 세창은 기가 막혔다.

세창도 성환의 능력에 관해선 어느 정도 알고 있기에 분명 큰 힘이 될 것을 알고 있다.

하지만 그렇다고 해서 1961년의 그날의 혁명 세력 같은 힘을 실어 줄 수는 없었다.

이제 겨우 육군 대령인 성환이 힘을 실어 준다고 해서 얼마나 큰 힘이 되겠는가.

세창은 이런 생각을 하며 그만 웃어 버리고 말았다.

"아직 우리가 그런 논의를 하기에는 아직 먼 것 같다. 적어도 둘 중에 한 명은 별을 달아야 하지 않겠냐?"

성환의 말을 농담으로 생각하고 세창은 가볍게 받아들였다.

그런 세창을 성환은 지긋이 쳐다보다 자신의 숙소 안으로 들어갔다.

"난 이만 들어간다."

"네 심정 알겠지만…… 조심해라! 널 주시하는 세력이 있다는 것 명심하고."

"알았다, 나도 조심을 하고 있으니. 그렇지만 이번 일에 관해선 더 이상 날 막으려 하지 마라. 그놈들과 판사는 일단 손을 써 두었고, 남은 몇 놈만 더 처리하고 그만둘 것이니."

자신의 숙소로 들어가면서 한 말에 세창은 눈이 커졌다.

겨우 몇 시간 만에 벌써 사고를 치고 들어왔다는 소리.

세창은 자신의 숙소로 들어가는 성환의 뒷모습을 보며 머릿속이 무척이나 복잡해졌다.

성환을 찾기 위해 움직이는 미국의 시선을 가리는 것도

무척이나 힘든데, 이렇게 성환이 외부에서 사고를 치고 있으니 한숨이 절로 나왔다.

◈ ◈ ◈

김병두는 어제 마신 술 때문에 아침이 되었지만 아직 일어나지 않고 침대에 누워 있었다.

그런데 방으로 들어온 부인 때문에 누워 있지 못하고 억지로 일어나야만 했다.

"무슨 일이야."

"여보 혁수가, 혁수가 병원이래요."

"아니, 그게 무슨 소리야?"

"나도 모르겠어요. 방금 전화 왔는데, 어제 술집에서 친구들과 논다고 집을 나갔는데, 거기서 아침이 되도 나오지 않아 들어가 보니……."

"그게 어떻다는 거야!"

"그게 잠을 자는 것 같아 웨이터들이 깨우려고 하는데, 갑자기 비명을 지르며 난리가 났데요."

김병두의 부인이자 김혁수의 어머니인 이지혜는 방금 전 운전 기사에게서 걸려 온 전화를 받고 횡설수설하고 있었다.

"아니, 차분히 말을 해 봐, 혁수에게 무슨 일이 벌어진 거야!"

"그러니까……."

이지혜는 조금 전 운전기사가 전화로 한 이야기를 그대로 전해 주었다.

그제야 자신의 후계자인 혁수에게 무슨 일이 벌어진 것을 깨달은 김병두는 자리에서 일어나 샤워를 하러 들어갔다.

금방 샤워를 마친 김병두는 김혁수가 입원했다는 병원으로 가기 위해 집을 나섰다.

"여보…… 우리 혁수 무사하겠죠?"

옆에서 아들을 걱정하는 부인의 물음에도 김병두는 아무런 대답을 하지 않았다.

손이 귀한 자신의 집안에 혁수는 무척이나 중요한 위치에 있었다.

집권당의 최고 위원을 지냈던 자신의 조부 그리고 그런 조부의 영향을 받아 현 집권당인 새한당의 최고위원인 아버지 그리고 자신까지…….

김병두는 아버지 김한수가 어떤 야망을 가지고 있는지 너무도 잘 알고 있었다.

현 삼 대를 국회의원으로 지내며 집권당의 최고 위원으로 지내는 것이 벌써 몇 십 년째 이어 오고 있었다.

자신도 비록 지금은 초선의 국회의원이지만 세월이 흘

러 아버지만큼 연륜이 쌓이게 되면 아버지처럼 당 내에서 독보적인 위치에 이를 것이 분명했다.

그리고 자신의 아들인 혁수도 그런 자신의 뒤를 이어 또 국회의원이 되어 세세토록 권력을 두 손이 움켜쥐는 그런 집안을 만들기를 원하고 있었다.

그런데 그런 귀한 아들이 사고를 당했다.

무엇 때문인지 원인을 알 수 없지만 아파서 병원에 입원을 했다는 소리에 가슴이 철렁 내려앉았다.

◈ ◈ ◈

성희는 얼른 가게 문을 닫았다.

사고를 당해 아직 정신적 충격에서 벗어나지 못하고 불안해하는 딸을 생각하면 하루 24시간 곁에서 간호를 하고 싶지만, 먹고는 살아야 하기에 억지로 마음을 다잡고 가게 문을 열었다.

딸도 어느 정도 자신에게 일어난 사고를 받아들이기로 했는지 이젠 조금 자신을 추스르는 것 같아 다행이란 생각을 하면서도 어느 한편으로 그런 딸이 짠했다.

큰 사고를 당했으면서도 오히려 자신을 걱정하는 딸의 모습에 남몰래 눈을 훔쳤다.

가난한 것이 죄라고 그런 사고를 쳤던 나쁜 놈들은 법

원에서 판결한 보상금이란 것을 거지에게 적선을 하듯 던지고 갔다.

마음 같아서는 그것을 그들 면전에 던져 버리고 싶은 심정이지만 그러지 못했다.

젊은 나이에 청상이 되어 홀로 딸을 키우면서 이미 사회가 어떻다는 것을 너무도 잘 알고 있기 때문이었다.

만약 거기서 더 버텼다간 딸의 안전이 위협받을 것을 불을 보듯 빤히 알았다.

뉴스에는 연일 떠들어 대고 있지만 성희는 믿지 않았다.

동생 성환이 자신만 믿으라고 했지만 어떻게 동생에게 일을 미루어 둘 수 있겠는가?

참으로 이럴 때면 먼저 떠난 남편이 참으로 원망스럽다.

그나마 다행인 것은 성환이 어떤 대단한 능력을 가지고 실종되었던 수진이를 찾아왔다는 것이다.

뿐만 아니라 그 뻿뻿하던 회사 사장이 동생의 모습에 절절매는 모습이나, 그 나쁜 놈들이 자신과 수진을 협박을 하듯 무섭게 쳐다볼 때 옆에서 자신과 수진을 다독이던 든든한 모습을 보이던 것에 적이 안심이 되었다.

하지만 그것도 성환이 옆에 있을 때뿐이었다.

군인인 성환의 처지에 언제나 자신과 딸의 곁에서 지켜

줄 수 없다는 것을 잘 알고 있다.

더욱이 뉴스를 보면 부자들이 처벌을 받는 것을 본 기억이 없다.

아니, 처벌을 받더라도 죄질에 비해 아주 경미한 처벌이 대부분이었다.

그리고 유죄 판결을 받고 감옥에 가도 그들은 자신들이 가진 권력을 이용해 아주 호화 수감 생활을 했다.

매일 시트를 갈아 주는 침대에, 일류 요리사가 조리한 식사를 삼시 세끼 꼬박 먹는 그런 것이 어떻게 수감 생활인가.

더욱이 필요하다면 아무 때나 면회가 되는 그런 것을 처벌이라 할 수가 있단 말인가.

그런 뉴스를 볼 때면 이번 일도 아마 그렇게 흐지부지 될 공산이 컸다.

아니, 성희는 그렇게 될 것이라 예상했다.

그렇기에 성희는 드라마나 영화에서 나오듯 악을 쓰고 끝까지 싸우겠다는 생각보다 원만한 해결을 위해 합의를 봤다.

솔직히 마음 같아서야 그 잡놈들을 갈아 마셔도 시원찮을 일이지만 딸의 미래를 위해 참기로 했다.

만약 그들의 요구를 들어주지 않으면 무슨 짓을 할지 모르기에 그렇게 했다.

그리고 오늘 낮…….

그들의 재판이 벌어지고 있는 현장에 갔었다.

재판 결과를 확인하고 역시나 자신의 짐작이 맞았다는 것을 확인했다.

그 죽일 놈들은 증거 불충분으로 무혐의로 풀려났다.

정황 증거는 확실하나, 누가 주범(主犯)이고, 누가 종범(從犯)인지 알지 못하기에 판단할 수 없어 판결을 내릴 수 없다는 말이었다.

참으로 이 나라의 법은 누구를 위한 법인지 알 수가 없었다.

법이 피해자를 보호하는 것이 아니라, 가해자를 변호하는 법이 되어 있었다.

물론 그것도 돈을 가진 사람에 의해서이지만 말이다.

억울해도 그게 힘이 없음이 죄인 아닌 죄인이 되게 하였다.

담당 검사가 항소를 하자고 했지만 거절했다.

만약 항소를 했다고 해도 재판이 번복이 되리란 판단을 내릴 수가 없었다.

거기다 이제 조금 안정을 찾아가는 수진이 재판에 피해자로 불려 가 다시 그런 고초를 겪어야 한다는 것을 참을 수가 없었다.

이런저런 생각을 하며 성희는 가게 문을 닫고 딸 수진

이 좋아하는 왕만두를 사서 집으로 향했다.

가게에서 집까진 20분 정도 걸리지만 마을 버스를 타지 않고 걸었다.

한 푼이라도 아껴야 나중에 수진이 다시 자신의 꿈인 가수를 하는데 보탬이 되기 위해서였다.

이번 일도 집에서 뒤를 밀어 줄 여력이 없기에 벌어진 일이란 것을 뒤늦게 알게 되었다.

만약 집안이 빵빵해 뒤를 봐줬다면 이런 일에 끌려가지도 않았다는 것을 알았다.

그 때문인지 딸이 그런 난행을 당한 것이 모두 자신의 잘못인 것 같았다.

딸의 꿈이 가수고 연예인이 되는 것이란 것을 진작부터 알고 있었지만, 도움을 주지 못했다.

그래서 형편상 돕지 못하지만 막지는 말자는 생각에 연예 기획사에 들어가는 것을 허락하였다.

뉴스에도 나오고 소문에도 연예인들에 대한 그렇고 그런 소문을 애써 자신의 딸만은 그런 일 없을 것이라 생각했다.

아직 어리니 그런 일 없을 것이라 자위를 하며 허락을 했는데, 자신은 너무나 가진 자들의 삐뚤어진 욕망을 알지 못했다.

만약 그런 사실을 알았다면 무슨 수를 써서라도 연예인

이 되는 것을 막았을 것이다.

하지만 이미 늦은 일.

자신은 무지했고, 저들은 가진 힘이 너무도 강했다.

잘못을 하고도 무사히 빠져나왔다.

이런저런 생각을 하며 걷고 있는 그런 성희의 뒤로 검은 그림자가 천천히 따라왔다.

◈ ◈ ◈

박원춘은 오랜만에 들어온 일감 때문에 늦은 시각 거리에 나섰다.

서울의 야경은 참으로 박원춘의 기분을 들뜨게 하는 요소가 있었다.

'흠, 저기군.'

박원춘이 오늘 자신이 해야 할 일이 바로 눈앞에 보이는 식당의 여주인과 그 딸을 처리하는 일이었다.

그렇다. 박원춘의 직업은 바로 살인 청부업자였다.

그의 정확한 정체는 불법 체류 조선족으로 독산동 일대에 암약하는 조선족 폭력 조직의 일원이다.

그가 처음부터 이런 일을 하는 사람은 아니었다.

코리안 드림을 꿈꾸며 한국에 왔지만 그에게는 운이 없었다.

그가 처음 들어간 한국 기업은 악덕 업주가 사장으로 있는 회사였다.

월급 체불은 기본이고 갖은 욕설에 부당한 대우를 하는 그런 곳이었다.

일 년을 일하고도 그가 받은 돈이라고는 고작 300만원이 전부였다.

이 때문에 박원춘은 사장과 말다툼 끝에 우발적으로 살인을 하고 말았다.

그 뒤로 박원춘은 한국인을 미워하고 혐오하게 되었다.

그런 이유로 박원춘은 다음 회사에 가서도 적응을 하지 못하고 겉돌았다.

그러다보니 어느 순간 박원춘은 같은 조선족들과만 어울리며 나중엔 조선족 폭력 조직에 들어가게 되었다.

폭력 조직에 들어가서 생활을 하면서 박원춘은 자신의 적성이 이곳에 있다는 것을 깨닫게 되었다.

소수의 약자로써 피해를 받았지만 이제는 아니다.

사람들이 자신을 두려워하게 되는 것에서 우월감을 느끼고, 또 가끔 이렇게 의뢰가 들어오면 한국인도 처리할 수 있어 더욱 마음에 들었다.

박원춘은 주머니 속에 만져지는 단검을 만지작거렸다.

인천 차이나타운에서 구입한 물건은 박원춘이 인민해방군에 있을 때 사용하던 것과 같은 종류라 손에 익숙해 애용하는 것이다.

그리고 그동안 박원춘이 살인을 할 때면 언제나 이 단검을 이용해 살인을 하였다.

한국에서는 총기류의 관리가 철저해 만약 총이 사용된다면 전국이 난리가 나는 것은 빤한 일.

그리고 박원춘은 이 단검으로 살인을 할 때, 피해자가 흘리는 신음 소리를 들으며 극도로 흥분을 했다.

이는 자신을 학대하던 악덕 사장을 죽일 때의 기억이 남아 그런 것이다.

◈ ◈ ◈

수진이 하루 종일 방구석에만 누워 있는 것이 답답했다.

자신에게 어떤 일이 있었는지 모든 것을 기억하진 못하지만 자신이 큰일의 피해자라는 것은 어렴풋이 기억이 났다.

두 달 전 연습을 하고 있는데, 회사 내에서도 소문이 좋지 않은 매니저 두 명이 연습실로 찾아와 자신과 언니들을 어디론가 데리고 갔다.

억지로 술을 마신 기억까진 나지만, 그 뒤로 무슨 일이 벌어졌는지 기억에 없었다.

그런데 깨어나 보니 자신은 알몸으로 어떤 집의 침대에 누워 있었다.

그땐 얼마나 놀랐는지 몰랐다.

더욱이 자신의 몸을 외삼촌이 만지고 있던 것에 말도 못하고 있었는데, 알고 보니 외삼촌이 날 살리기 위해 그랬다는 것을 깨달았다.

예전부터 외삼촌에게는 특이한 기운을 느꼈다.

왠지 모르게 외삼촌의 곁에만 가면 온몸이 짓누르는 무언가를 느꼈다.

그리고 가끔 외삼촌과 눈을 마주칠 때면 자신의 내면까지 속속 들여다보는 것 같아 두렵기도 했다.

그런 외삼촌이 자신의 몸을 어떻게 한 것인지 정신을 차리고 속에서 올라오는 무언가를 쏟아 내고 기절했다.

그리고 다시 정신을 차렸을 때는 병원.

병원 침대에서 정신을 차린 자신이 처음 본 것은 역시나 외삼촌의 모습이었다.

그런데 이상한 것을 그 뒤에 목격을 했다.

무슨 일이 있었는지, 그렇게 어렵게 느껴졌던 사장님이 외삼촌을 보며 절절매고 있었다.

사장님뿐 아니라 평소 여자 연습생들에게 저승사자와 같은 전무님도 외삼촌이 노려보기만 해도 사시나무 떨듯 떨고 있었다.

자신이 모르는 뭔가가 있구나 하는 생각을 했다.

그리고 나중에 엄마를 만나 자신에게 벌어졌던 일을 대충 들었다.

내가 말로만 듣던 지명을 당한 것을 알게 되었다.

배경 없는 연습생이 데뷔를 하기 위해서 꼭 거쳐야 하는 관문이란 것을 자신이 겪은 것이다.

처음엔 눈물도 났다.

아직 성인은 아니지만 알건 다 알고 있는 나이.

자신의 첫 경험은 사랑하는 사람과 하고 싶다는 생각도 했었다.

그런데 약에 취해 억지로 당했다는 것에 눈물도 났고, 또 자신을 유린한 그들에게 화도 났다.

하지만 이미 벌어진 일.

자신의 꿈이 연예인이었으니 통과 의례라면 그냥 개에게 물렸다 생각하고 참기로 했다.

억울하지만 다시 주워 담을 수 없다는 것을 뻔히 알면서 그것에 매달려 울고 있을 수 없다.

홀로 자신이 키우며 고생한 엄마를 위해서라도 자신은 돈을 많이 벌어야 했다.

그런데 이번엔 자신의 사건 때문에 일이 커져서 회사에도 나가지 못하고 있다.

TV를 켜면 연일 그 문제로 시끄러웠다.

자신이 다니는 회사 이름과 건물이 그리고 사장님의 이름이 거론되었다.

그래서 당문간 안정을 취한단 핑계로 집에서 요양하고 있었다.

'아, 답답해. 오늘 엄마가 일찍 들어오신다 했으니 마중이나 나가자.'

수진은 그런 생각을 떨쳐 내고 엄마를 마중가기로 했다.

솔직히 저녁 시간에 집으로 오는 골목에 들어서면 여간 섬뜩한 것이 아니다.

보안등도 있고 CCTV가 설치되어 있긴 하지만 저녁땐 솔직히 무용지물이다.

흐릿한 보안등 불빛 때문에 CCTV가 제대로 찍히고 있는지 의문이 들기 때문이다.

그저 있으니 없는 것보다는 낫다고 생각할 뿐이다.

그래서 수진은 엄마를 마중가기로 했다.

간단하게 옷을 챙겨 입고 밖으로 나왔다.

골목을 내려가기 전 수진은 엄마에게 전화를 걸었다.

"여보세요."

◈ ◈ ◈

뚜르륵, 뚜르륵.

성희는 가방에 넣어 둔 자신의 휴대폰에서 신호가 오자 전화를 받았다.

발신자를 확인하니 딸이었다.

아마도 자신이 오지 않아 전화를 한 모양이다 생각하고 얼른 받았다.

"응, 딸! 무슨…… 어머, 음음……!"

성희는 수진에게서 온 전화를 받다 뒤에서 누군가 자신을 덮치자 놀랐다.

그런데 소리를 지르려다 자신의 입을 틀어막는 손길을 느꼈다.

반항을 하려 했지만 어찌나 팔 힘이 센지 자신의 몸부림으로는 풀려날 기미가 보이지 않았다.

한편 성희를 납치하기 위해 뒤를 쫓던 박원춘은 무척 당황했다.

막 납치를 하기 위해 행동을 개시했는데, 목표인 여자에게 전화가 온 것이다.

하지만 박원춘은 이왕 행동에 옮긴 작업 계속 진행을 하기로 했다.

지금 목표를 놓친다면 언제 기회가 있을지 알 수 없기 때문이다.

전화를 받고 있는 중이라 전화를 건 쪽에서 눈치챌 수

도 있지만 어쩔 수 없다.

그런데 여자라지만 반항이 여간 심한 것이 아니어서 일단 목표를 반항하지 못하게 하는 것이 필요했다.

그래서 박원춘은 틀어막고 있는 손과 반항하지 못하게 감고 있던 목을 강하게 압박했다.

그러자 목표는 숨이 막히는지 점점 몸에 힘이 빠져나가는 것이 느껴졌다.

◈ ◈ ◈

한편 자신의 전화를 받던 엄마가 갑자기 무언가에 입이 막힌 것인지 웅얼거리다 조용해진 것을 느끼고 뭔가 일이 벌어졌다는 것을 깨달았다.

그래서 수진은 경찰에 신고 전화를 하며 골목을 뛰어 내려갔다.

평소 엄마가 집과 가게의 위치가 가까운 편이라 걸어 다닌다는 것을 깨닫고 얼른 골목을 뛰었다.

"여보세요! 경찰이죠, 헉헉……!"

수진은 뛰면서 경찰에 지금 상황을 설명하였다.

처음엔 수진이 뛰면서 숨을 헐떡이는 것에 장난 전화로 오해를 하는 듯했지만 자세한 설명을 듣고 경찰도 바로 상황의 심각함을 인식하고 자세히 상황을 물었다.

그런데 한참 전화를 하면서 뛰어 내려간 골목 어귀에 두 사람이 실랑이를 하는 실루엣이 보였다.

그 모습을 보자 수진은 자신도 모르게 소리쳤다.

"거기 누구예요!"

수진이 소리를 치자 실랑이를 하던 사람이 갑자기 떨어지더니 한 사람이 도망쳤다.

그런데 떨어진 한 사람이 바닥에 쓰러지는 모습이 보였다.

수진은 얼른 쓰러진 사람에게 다가갔다.

그러면서 아직 경찰과 통화를 하고 있던 중이란 것을 깨닫고 얼른 지금 상황을 설명했다.

"지금 여기, 한 사람이 도망치고 또 한 사람은 바닥에 쓰러져 있어요! 어서 도와주세요!"

수진은 지금 자신이 있는 곳의 위치를 자세히 경찰에 설명을 하고 도움을 청했다.

그리고 수진은 쓰러진 사람에게 다가가 학교에서 배운 구급법을 기억해 숨을 쉬고 있는지 확인하기 위해 쓰러진 사람의 몸을 돌렸다.

"아악! 엄마!"

수진은 쓰러진 사람의 몸을 돌리다 흐린 보안등 불빛에 비친 사람의 얼굴을 확인했다.

쓰러진 사람은 자신의 엄마였다.

"엄마! 엄마! 정신 좀 차려 봐!"

조금 전 자신과 통화를 하다 도망친 사람의 공격을 받아 정신을 잃은 듯했다.

엄마의 얼굴을 확인한 수진은 얼른 119에 신고를 했다.

"119죠! 여기……!"

구급대에 신고를 한 수진은 안절부절 못하며 성희를 부르며 그녀를 살폈다.

쓰러진 엄마의 상태가 심상치 않았기 때문이다.

◈ ◈ ◈

박원춘은 목표를 납치하기 위해 뒤로 접근해 붙잡는 데 성공을 했다.

그런데 갑자기 골목에 누군가 튀어나와 소리치는 바람에 깜짝 놀라 잡고 있던 여자를 납치하지 못했다.

누군가 소리치지만 않았어도 목표를 납치해 이래저래 즐기다 죽이려던 계획을 변경했다.

급히 목표에게서 떨어지며 여자의 몸에 주머니 속에 넣고 있던 칼을 꺼내 찌르고 어두운 골목을 빠져나갔다.

순간적으로 찌른 것이지만 정확하게 등 뒤에서 사선으로 찌르고 들어간 칼은 정확하게 심장을 관통하는 것을 느꼈다.

박원춘은 도망치면서도 자신의 취미 생활을 즐기지 못

하는 것이 아깝지만 했다.

'제길, 아까운 계집이었는데.'

아직도 자신의 코끝에는 조금 전 자신이 붙들고 있던 여자의 살 냄새가 맡아지는 것 같아 무척이나 아쉬웠다.

아쉬운 마음이 들자 박원춘은 살며시 입맛을 다시며 중얼거렸다.

"아깝지만 저년의 딸도 남았으니, 그 딸년은……."

성희를 그냥 죽이고 자리를 떠나는 것이 자꾸만 아쉽다는 생각이 들었지만 박원춘은 빠르게 현장을 벗어났다.

'흣, 아깝긴 하지만 일단 당분간 잠수를 타야겠군.'

박원춘은 목표 중 하나를 그냥 처리한 것이 무척이나 아까웠다.

여자를 죽일 때면 언제나 박원춘은 마치 자신의 말을 잘 들으면 살려 줄 것처럼 피해자를 농락하며 강간하는 것을 즐겼다.

이번에는 모녀를 죽여 달라는 의뢰를 받고 더욱 흥분했었다.

인간으로써 터부시 되는 엄마와 딸을 모두 강간하고 죽인다는 변태적 쾌감에 일을 들어가기 전에 무척이나 흥분했었는데, 아쉽게 되었다.

◈ ◈ ◈

박원춘이 범죄 현장에서 멀리멀리 도망치고 있을 때, 신고를 받고 달려온 경찰은 사고현장에서 울고 있는 어린 여학생을 보게 되었다.

"엄마! 엄마!"

수진은 엄마를 가슴에 안고 엄마를 애타게 불렀다.

하지만 아무리 불러 봐도 숨을 거둔 엄마는 대답이 없었다.

너무나 순식간에 벌어진 일이라 성희는 눈도 감지 못하고 크게 뜬 상태로 숨을 거뒀다.

수진은 그렇게 죽은 엄마를 끓어 않고 목 놓아 울었다.

자신의 몸에 성희에게서 흘러내린 피가 묻고 있다는 것도 인식하지 못하고 경찰이 수진과 죽은 성희를 떼어 놓을 때가지 그렇게 있었다.

뒤늦게 경찰의 연락을 받은 구급대원이 와 성희의 상태를 확인하고는 고개를 저었다.

가까이 경찰이 다가와 구급대원에게 물어오자 구급대원은 성희의 상태를 알렸다.

"어떻습니까?"

자신이 보기에도 이미 숨을 거둔 것 같았지만, 전문가에게 확인을 받아야 했기에 물은 것이었다.

"이미…… 숨이 멎었습니다."

구급대원의 말을 들은 수진은 그 자리에서 목 놓아 울었다.

"엄마! 안 돼! 엉엉엉! 엄마!"

◈ ◈ ◈

성환은 잠을 자다 전화벨이 요란하게 울려 잠에서 깼다.

부대 내 독신자 아파트에 살고 있던 성환은 이제 겨우 잠이 들려 하는데 전화가 온 것에 인상을 구겼다.

"……여보세요."

아직 잠이 깊게 들지 않아 그렇게 정신이 몽롱한 정도는 아니지만, 그래도 멀쩡한 상태는 아니다.

그도 그럴 것이 낮에 걸려 온 진성의 전화로 생각할 것이 있어 고민 좀 하다 잠이 들었기에 평소 컨디션은 아니었기 때문이다.

그런데 그런 성환의 잠을 확 달아나게 하는 소리가 전화기를 통해 들렸다.

"뭐라고요!"

〈『코리아갓파더』 제2권에서 계속〉

1판 1쇄 찍음 2013년 10월 4일
1판 1쇄 펴냄 2013년 10월 10일

지은이 | 정사부
펴낸이 | 정 필
펴낸곳 | 도서출판 **뿔미디어**

편집장 | 이재권
기획 · 편집 | 윤영상
편집디자인 | 이진선

출판등록 | 2002년 9월 11일 (제1081-1-132호)
주소 | 부천시 원미구 상3동 533-3 아트프라자 503호 (우)420-861
전화 | 032)651-6513 / 팩스 032)651-6094
E-mail | bbulmedia@hanmail.net

값 8,000원

ISBN 978-89-6775-519-5 04810
ISBN 978-89-6775-518-8 04810 (세트)

※파본은 구입하신 서점에서 교환하여 드립니다.

http://www.bbulmedia.com

http://www.bbulmedia.com